UNE FEMME

Camille Lemonnier

Edition : Culturea (culurea.fr), 34 Hérault
Contact : infos@culturea.fr
Impression : BOD, Norderstedt (Allemagne)
ISBN : 9791041981243
Date de publication : juillet 2023
Mise en page et maquettage : https://reedsy.com/
Cet ouvrage a été composé avec la police Bauer Bodoni

Nos chevaux vivement s'allongeaient sous les châtaigniers quand, au bruit d'une faux qu'un paysan battait avec la pierre, Hercule prit peur et s'emballa. C'était une bête nerveuse et qui déjà m'avait causé plus d'une alerte. Lorsque je pus la maîtriser, nous avions fait un bon bout de chemin. J'entendais derrière moi le galop de Suzy qui avait rendu la bride et tâchait de me joindre.

Hercule, frémissant et s'ébrouant, le mors mousseux d'écume, à présent dansait sur place, fouillant des sabots la terre. Mon Dieu ! je devais avoir l'air passablement ridicule avec mes bonds en selle, plongeant d'avant et d'arrière aux ressacs de la croupe.

Par surcroît, une branche basse pendant la course m'avait enlevé mon chapeau. J'étais donc là nu-tête, au milieu du chemin, écoutant venir le galop de Suzy et voyant par avance sa petite moue d'ironie. Tout à coup les battues de sa jument furent comme cassées au ras du sol. J'entendis un cri et regardai par-dessus mon épaule. Je l'aperçus roulée à terre, prise avec la selle dans les plis de son amazone. D'une cinglade de ma cravache j'enlevai Hercule. Avant que j'eusse vidé l'étrier, Suzy déjà était debout.

- Qu'est-il arrivé, Suzy ?

Elle riait, secouant sa longue jupe grise de poussière, la tenant à poignées dans ses gants de peau de daim.

- Rien. La selle a tourné. Est-ce bête ?

Je ramassai la selle, la jetai sur le dos de la jument, et maintenant je tirais sur les sangles fortement pour serrer la boucle. Elle fit un pas, de nouveau poussa un cri.

- Je crois que je me suis foulé le pied.

Une colère brouilla ses yeux sous la barre noire des sourcils.

- Oh ! la brute de palefrenier !

Elle voulut remonter ; mais, chaque fois qu'elle posait le pied dans ma main pour s'enlever, une douleur lui rompait la cheville.

– La brute ! La brute !

Il fut évident que tout effort nouveau serait inutile. Par malheur, l'après-midi s'achevait et nous étions à une grande distance du château.

– Donnez-moi votre bras, Philippe, me dit-elle. Je tâcherai de marcher jusqu'à la ferme là-bas.

Nous parcourûmes une centaine de mètres, elle pendue à mon bras, moi la soutenant et tirant après moi les chevaux. Le mal grandit. À chaque pas elle croyait soulever toute la terre du chemin après elle. À bout de force, elle déclara qu'elle ne mettrait plus un pied devant l'autre. Je la vis près de moi toute pâle, mordant sa lèvre pour ne pas crier.

– Ma pauvre Suzy ! Qu'allons-nous faire ?

– Eh bien, portez-moi jusqu'à la ferme.

Le courage lui revint. Elle riait en rassemblant les plis amples de sa jupe. Alors, riant aussi comme si c'eût été un jeu, je la pris délicatement sous les épaules et les jarrets. Avec sa petite taille, elle pesait dans mes bras le poids d'un enfant. Et elle se tenait gentiment blottie contre moi, d'une vie légère et reposée, son visage près du mien dans le soir qui tombait. C'était elle maintenant qui, de la main qu'elle avait passée à mon cou, tirait Hercule et la jument derrière nous.

Nous n'avions été jusque-là l'un pour l'autre que des gens d'un même monde, unis par une ancienne camaraderie. J'avais certainement dû penser déjà à la forme de son corps. Seulement c'était un autre sentiment qu'avec les grandes femmes indolentes et charnues. Il ne m'était jamais venu l'idée que je pourrais la désirer un jour. Je l'avais connue toute jeune : nous avions passionnément joué au polo chez un de ses parents qui était aussi l'ami des miens. Il venait là beaucoup de jeunes gens et de jeunes filles. Comme les parties duraient tout l'été, on finissait par supprimer toute cérémonie et les petits noms volaient d'une bouche à l'autre familièrement. Moi, je brûlais en ce temps d'une ardeur ridicule pour une grande fille blonde et maniérée ; mais celle-là, je n'osais pas la nommer par son nom, tandis que tout de suite j'appelai par le sien, cette petite fille noire aux allures masculines. Plus tard, ce jeune compagnonnage nous devint à tous deux une amicale habitude. Elle aima m'avoir pour partenaire aux paper hunts chez son père. Avec sa nature volontaire et personnelle, elle exerçait sur moi un ascendant léger. Elle paraissait me traiter comme un bon garçon avec lequel une jeune fille ne court point de risque. Aucun de nous n'était un flirt pour l'autre.

Et puis j'avais voyagé : nous ne nous étions plus revus qu'après son mariage avec le vieux comte. Ce fut une surprise ; je ne m'étais pas fait à la pensée qu'elle se marierait un jour. Elle m'avait seulement dit une fois, en galopant près de moi, que, sur ce point comme sur tout le reste, elle était bien décidée à n'en faire qu'à sa tête. Elle me présenta à son mari, un homme aimable après tout, d'assez grande mine, mais goutteux. Comme j'hésitais sur le nom qu'il me faudrait lui donner désormais, elle me dit de sa petite voix un peu rauque :

– Appelez-moi Suzy ; je veux être toujours Suzy pour mes anciens amis.

Et ce fut entre nous comme si rien n'avait changé.

J'allais doucement avec mon léger fardeau dans mes bras, mettant un certain orgueil à marcher droit, d'une haleine égale. Une illusion d'optique, dans le coup de lumière oblique du couchant, sembla d'abord avancer les murs blancs de la ferme à une double portée de fusil. Mais la route s'allongea : les bras petit à petit raidis, je n'étais plus aussi sûr d'arriver jusqu'au bout sans lasser mes forces. Les chevaux derrière nous s'ébrouaient, les cols tendus, tirant sur la bride que Suzy tenait dans son petit poing fermé. Elle ne me parlait plus de son mal, elle était plutôt portée à envisager gaiement l'aventure ; et moi, je me taisais pour épargner mon souffle, riant seulement d'un rire un peu nerveux par-dessus sa jolie moue amusée. Et puis pour la première fois, sentant se communiquer à moi cette vie encore inconnue de son corps, mon cœur étrangement battit. Je commençai à penser que c'était vraiment là une jeune femme désirable que je tenais dans mes bras, avec ses petits seins frémissants et la courbe flexible de ses reins. Au creux de ma main se moulait si nettement la rondeur de ses jambes, que j'avais la sensation indéfinissable de les toucher nues sous la robe, à la hauteur des jarretières. Elles étaient fermes et pleines.

J'avais le tempérament régulier des jeunes hommes adonnés aux exercices physiques et je n'avais pas de maîtresse. Quand la sève montait, je me satisfaisais d'un gros plaisir tout de suite oublié. Mais avec cette palpitation d'une chair jeune et fraîche contre la mienne, je me pris à songer que cette Suzy serait d'un prix inestimable pour l'homme qui saurait s'en faire aimer. J'étais troublé au fond de moi d'étranges et subtils mouvements. Sa bouche aux lèvres rouges, ouvertes dans un clair rire de petites dents blanches, sembla m'encourager : je ne l'avais pas encore entendue rire ainsi ; et elle avait dans les yeux un plissement rusé. Se moque-t-elle de moi, pensais-je, et soupçonnerait-elle ma petite torture intime ? Ou attend-elle que cette situation si nouvelle pour tous deux se dénoue dans un sens que ni l'un ni l'autre ne pouvons encore prévoir ? Un homme, dans certains cas, en arrive facilement à croire qu'il est de sa dignité de se comporter envers une femme comme le ferait un goujat.

Des chaleurs m'irritèrent le sang ; un magnétisme dangereux à mesure se dégageait de ce corps souple et vibrant, tout près du battement de ma vie. Mes mains aussi à présent s'électrisaient dans la pression plus vive autour de la forme de ses jambes. Je vis ses yeux se fermer.

Elle eut une expression de bonheur charmé, la tête renversée sur mon épaule. Et elle me dit singulièrement de sa petite voix dure, plus sourde qu'à l'ordinaire :

– Philippe, il me semble que vous m'avez toujours portée ainsi.

Une joie d'enfant après une grande fatigue ne se fût pas exprimée autrement. Sitôt que me vint cette idée, je repris possession de moi-même, un peu honteux de mon court vertige. Je pensais très nettement : Ma petite Suzy, il y a longtemps que je serais tombé sur les genoux si j'avais dû toujours vous porter ainsi.

Je ramassai mes forces dans un dernier effort, et traînant après nous les chevaux, nous pénétrâmes dans la ferme.

Les gens s'empressèrent. Il se trouva qu'ils avaient vendu une couple de vaches bretonnes au château, l'autre année. Ils étendirent des draps frais sur le meilleur des lits et j'y portai moi-même Suzy dans son amazone. Tous deux, encore une fois, nous nous étions remis à rire comme si, en la portant dans mes bras, j'accomplissais réellement un office habituel. Son rire à elle me disait :

– Mais oui, n'est-ce pas là une chose convenue entre nous ?

Et moi, avec mon souffle rafraîchi et le jeu libre de mes poumons, j'entrais joyeusement dans ce rôle.

Une grande fille monta, se tint près du lit. Elle sentait le lait et la paille et elle caressait ses bras nus, un peu gênée, nous épiant du coin de l'œil.

– Mais restez donc ! me dit Suzy ; vous n'êtes pas de trop.

Elle fit sauter sa jupe par-dessus son pantalon de cheval et tendit le pied. La fille, à croupettes, doucement tirait sur la botte ; mais la cheville avait gonflé. Suzy me prit vivement la main, pinça mes doigts entre les siens, criant à travers ses dents serrées :

– Tire, mais tire donc.

Et tout à coup, dans l'effort, la botte céda ; j'aperçus son petit pied d'enfant à travers les mailles du bas noir, avec la croqure jolie des doigts jouant au bord des draps. Il me parut que j'étais redevenu le bon garçon devant qui une femme ne se gêne pas pour trousser sa robe jusqu'au mollet. Maintenant Suzy se renversait sur le lit, allégée, détendue, avec un soupir de joie.

Le fermier gratta à la porte : il s'offrait pour aller chercher le rebouteur. Celui-ci habitait à une heure de la ferme. Mais Suzy, pour la première fois, eut l'air de se rappeler qu'il y avait à Montaiglon quelqu'un qui peut-être déjà s'inquiétait de son absence.

– Philippe, fit-elle, dites à ce brave homme qu'il aille plutôt au château. Il ramènera la jument et il apprendra au comte cette sotte histoire. Il le priera aussi de m'envoyer demain matin le landau avec le médecin et ma femme de chambre. Je suis décidée à passer la nuit ici.

En rentrant dans la chambre, je trouvai Suzy au lit. Elle s'était déshabillée avec l'aide de la fille et celle-ci lui avait passé une jaquette de coton dont l'ampleur exagérait encore la petitesse de sa taille. Toutes deux riaient tandis que, sous le retroussis des manches, elle agitait ses fins poignets. Son amazone pendait à un crochet contre le mur. Il y avait sur une chaise, près du chevet, une cuvette d'eau fraîche et des bandelettes. J'apercevais le relief de son pied bandé, sous les draps.

– Ah ! mon pauvre Philippe, me dit-elle gentiment, quel ennui pour vous !

Elle congédia la fille et maintenant elle m'avait repris les mains ; je la regardais en souriant. Sa peau tiède avait la douceur du satin et me causait une sensation de plaisir. Je pensais : « Oui, quel ennui ! » J'avais arrangé avec Ponsin, le garde du comte, que nous irions, cette nuit-là, poser nos nasses, près du barrage, dans l'étang. Cependant je tenais doucement ses petites mains pressées dans les miennes, j'appuyais sur ses yeux noirs et limpides un regard franc, comme si ma pensée n'était pas allée là-bas, vers le barrage.

Des minutes coulèrent. La ferme s'était feutrée de silence. Au loin, sur la route, le martellement des ferrures lâches d'un bidet s'accompagnait des larges foulées sonores de la jument. Une nuit bleue mollement glissait entre les rideaux, une large onde de lune que limitait la zone rougeâtre du suif crépitant dans un flambeau de bois.

- Eh bien, Suzy ?

- Oh ! plus rien qu'une petite torpeur délicieuse !

Quelle idée bizarre elle eut tout à coup de se vouloir faire conter « quelque chose d'amusant » ! J'étais l'homme le moins fait pour débiter des fables légères. Au moment où je croyais pouvoir me rappeler la fin d'une anecdote, la mémoire toujours me manquait.

- Vous savez, Suzy, je suis très bête. Je ne trouve jamais rien, moi.

- Si ! si ! fit-elle. Contez-moi, par exemple, votre première histoire de femme.

Son visage, d'un hâle ambré de pêche mûre, ondulait dans la grosse toile bise. Je compris que tout son corps, avec sa serpentaison flexible sous les draps, aussi venait à moi dans ce mouvement. Mon Dieu ! elle me demanda cela si drôlement que je me pris à rougir très bas dans la nuque comme si sur ce chapitre-là une certaine réserve m'était commandée. Il me parut peu convenable de lui révéler qu'une nuit, une des servantes de ma mère était entrée dans mon lit et que, de toutes les femmes qui étaient venues par la suite, aucune ne m'avait laissé un plus agréable souvenir.

Je haussai le sourcil ; mon monocle tomba. Avec une gaucherie de myope, je demeurai un instant tâtonnant du bout des doigts le long de mon gilet. Et l'œil vague, nué d'un léger brouillard, je lui disais :

- Je vous assure, cette chose aurait pu arriver aussi bien à votre jardinier qu'à moi. Il vaut mieux n'en pas parler.

– Mais le voilà ! fit-elle en me passant le monocle qui avait roulé sur la couverture.

Il me parut qu'elle riait au bord des draps. Je ne voyais pas ses yeux ; et puis, sa voix brusque, sa petite voix de mue d'un jeune garçon à l'âge de la puberté sortit du lit.

– Dites-moi, avez-vous au moins connu l'amour ?

D'un geste rapide du pouce et de l'index, j'assurai mon disque de verre. Maintenant je pouvais lui dire franchement la vérité sans honte.

– Non, Suzy, je n'ai jamais aimé.

– Sérieusement, non ?

– Sérieusement, non.

La confiance monta. Il sembla que nous étions plus près l'un de l'autre, avec des âmes fraîches et heureuses. Un peu de temps aucun de nous ne parla plus. C'était une chose nouvelle, très douce, une intimité que nous n'avions pas encore connue. Et enfin elle me dit faiblement, comme une petite enfant malade :

– Philippe, donnez-moi votre main. Je vais dormir.

Avec la chaleur sèche et les pulsations de son sang dans mes doigts, je la vis entrer mollement dans le sommeil. À présent elle dormait là sous ma garde, blottie avec son mystère dans la chaleur des draps. Son visage demeura tourné vers moi, la vie close de ses yeux, le souffle léger de sa bouche entr'ouverte. Et moi, j'avais attiré une chaise, je tenais toujours dans les doigts sa main ardente, sentant passer dans mes papilles le rapide magnétisme orageux de sa fièvre. Quelquefois ses hanches, sous la toile, avaient une secousse, brèves et fines comme le moulage d'une créature des petites races.

Un grand apaisement me vint à moi-même, après le trouble vertige subi sur le chemin. Je pensais avec une nuance plutôt de tendre sensibilité : « Quelle drôle de petite femme ! » Aucune autre n'aurait fait ce qu'elle faisait là, dans sa confiance tranquille.

Mes idées tournèrent. Je redevins l'homme qui rapporte à la pensée du plaisir et de la possession le charme délicat d'une compagnie féminine. Elle doit me prendre pour un fier imbécile, me certifiai-je, sans goût d'ailleurs pour une surprise d'amour. Maintenant aussi je me figurais le vieil époux, venant comme moi au bord du lit et se glissant sous les draps avec son désir débile. Voilà, oui, comment n'avait-elle pas pris un homme jeune et aduste, elle qui autrefois n'en voulait faire qu'à sa tête ?

Je demeurai encore un peu de temps ; et puis je détachai doucement sa main, je la reposai sur les couvertures. Dans la ferme on veillait : le fermier n'était pas encore rentré ; j'entendais bourdonner faiblement les voix à travers les solives. Peut-être ces gens causaient de nous. Vers minuit, les fers du bidet enfin râpèrent le pavé de la cour. J'ouvris avec précaution la porte et descendis sur la pointe des pieds. Le bonhomme rapportait un billet du valet de chambre : le comte avait été pris d'un accès de goutte dans la soirée ; il s'excusait de ne pouvoir venir chercher Suzy lui-même le lendemain. Je remontai déposer le billet sur la chaise, au pied du lit, et ensuite j'allai me jeter tout habillé dans la couchette qui m'avait été préparée dans la chambre voisine. Je ne pensais plus aux verveux, à la nuit bleue de l'étang tandis qu'avec un bruit musical l'eau s'égoutte des rames. Je ne ressentais plus qu'une grande fatigue sans idées.

Quand je rouvris les yeux, il faisait clair soleil. Je cognai à la porte de Suzy : elle était éveillée et me cria d'entrer. Elle me dit qu'elle avait voulu se lever ; mais l'enflure du pied avait augmenté, la douleur l'avait obligée à se remettre au lit. Tout était bien changé. Ce n'était plus la petite femme-enfant qui, si joliment, s'était endormie la main dans la mienne. Une étrange force nerveuse remuait son petit corps au fond des couvertures. Des dessous d'orage brouillaient ses prunelles, sous la barre noire des sourcils tendus. Elle frappa avec colère, de ses poings fermés, les draps.

– Je me déteste ! Si vous saviez !

Visiblement je ne fus plus pour elle dans ce moment qu'une présence négligeable. Et puis, ses mobiles sensations coururent. Elle prit le billet du comte, s'attendrit, tout affligée de lui avoir manqué dans sa crise.

– Vous ne pouvez savoir combien j'ai de peine ! Il ne peut souffrir que moi pendant ses accès. Il m'appelle sans cesse d'une voix très douce et gémissante. Moi seule puis toucher à ses pauvres jambes.

Elle insista avec une sincérité d'affection attristée et caressante, puérilisée d'un peu du dorlotement d'une mère pour un enfant. Mais moi, l'entendant ainsi parler du comte, une gêne me prit : il sembla qu'après ce qui s'était passé entre nous, elle dût tout au moins tempérer la vivacité d'un tel sentiment. Je ne raisonnais pas, je subissais la poussée d'une chose profonde et animale qui me rendit soudain ce mari haïssable.

– Bon, dis-je, laissons cela.

Elle eut un mouvement de surprise, et elle me regardait entre ses paupières plissées, la bouche un peu pincée, sans rien répondre. Il arriva alors que, me tenant là debout près du lit, je songeai de nouveau à la forme de son corps sous les draps et l'aperçus nue, avec une évidence qui fit monter le sang à mes tempes. Mon trouble la gagna ; sa poitrine palpitait ; l'ombre d'un cillement à petits coups rapides battit sa joue. Il sembla que nous avions vibré d'un même obscur désir. Dans ma confusion, très vite je levai le sourcil et de nouveau fis tomber mon rond de verre. Elle voulut sourire, se reprit, me dit sérieusement :

– Je lis dans votre pensée… C'est là, n'est-ce pas, une situation très… comment diriez-vous cela ?

– Oh ! un peu seulement, un peu anormale, répondis-je en regagnant de l'assurance.

– C'est cela, anormale.

Le rire partit ; jamais je ne l'avais vue plus gaie ; et, en frappant des mains, elle criait :

– Vous voilà compromis, mon cher… Je vous dois une réparation.

Moi aussi, maintenant, penché sur le lit, je riais comme si nous avions décidé de ne plus échanger que des idées bouffonnes. Mes dents au clair, je me balançais de toute ma taille comme un homme qui éprouve le besoin d'extérioriser sa petite folie en pendiculations expressives.

– Il me semble, Suzy, que vous avez dit là le mot juste. Oh ! oh ! voilà, vous me devez une réparation !

Quelque temps nous tournâmes ainsi autour d'une chose que ni l'un ni l'autre n'osions dire. Peut-être nous aurions été singulièrement étonnés si elle s'était présentée à nous avec netteté. Et subitement le bel arc de son sourcil se tendit ; toute sa joie tomba ; elle eut l'œil froid et impérieux.

– Cela est stupide, fit-elle. Dites à cette fille de monter.

Michèle était à la cuisine, les mains fraîches, très avenante dans sa jaquette à pois, tuyautée sur les hanches. Elle ne se fût pas autrement préparée pour la Sainte Table.

– Je vois bien, vous regardez mes mains, me dit-elle avec bonne humeur. Les dames n'aiment pas qu'on les touche avec des mains qui sentent la bête. C'est mon frère qui trait le matin les vaches, et moi je fais le beurre.

J'avais passé une partie de la nuit auprès d'une jeune femme originale et jolie, mille fois plus désirable que cette paysanne vulgaire et sanguide. Pourtant, si j'avais dû choisir, c'est avec celle-ci maintenant que je serais allé derrière la haie. Une pétulance subite m'entraîna sur ses pas dans l'escalier. Je la pris par la taille et lui mangeai la nuque d'une goulée. Elle ne se défendit pas et seulement, avec le rire de sa grosse bouche, elle me dit :

– C'est madame qui ne serait pas contente, si elle savait !

Cette idée, qui m'eût amusé si elle s'était rapportée à toute autre femme que Suzy, me causa un tel étonnement que je ne trouvai rien à lui répondre. Je rôdai un peu de temps dans la cour, avec l'ennui d'un malentendu qu'il n'était plus en mon pouvoir de dissiper. Des visages m'épiaient derrière la vitre ; j'entrai dans l'écurie. Hercule, à mon pas, tourna la tête ; mais j'étais venu là simplement pour me retrouver un instant avec moi-même. J'avais perdu la bienveillance. Je repoussai d'une bourrade la bête qui avançait vers moi ses naseaux en soufflant. Et puis je m'appuyai contre l'auge, les bras croisés, sifflant entre mes dents, ce qui chez moi était un signe de perplexité. J'en voulais à ces rustres d'avoir grossièrement dénaturé la franchise d'un sentiment qui à présent, dans ce tête-à-tête avec Hercule, sous son bel œil clair et droit, m'apparaissait très purement de l'innocente amitié. J'avais tout à fait oublié qu'en portant Suzy dans mes bras, j'avais été sur le point de lui prendre la nuque avec ma bouche comme je l'avais fait avec Michèle. Je quittai l'écurie ; j'étais résolu à aborder franchement la question. Mais, en rentrant à la cuisine, ma décision tomba. Je dis à Michèle, qui remontait avec un broc d'eau :

– Est-ce que « ma cousine » est habillée ?

Elle eut un regard narquois ; je m'aperçus que les fermiers aussi tournaient la tête vers moi.

– Cette dame ? Ah bien non ! Voilà que je lui mets seulement des compresses.

Après tout, pensai-je, c'est la faute de cette trop légère Suzy si on a pu se méprendre sur la nuance de notre camaraderie. Je ne vis pas combien j'étais hypocrite moi-même en la souhaitant dissimulée. Il y avait cependant à mon égard une opinion assez générale. Oui, je puis le dire, je passais pour un gentleman d'une nuance d'esprit distinguée. Personne encore ne s'était levé pour émettre devant moi une appréciation contraire. Eh bien ! depuis mon aimable aventure avec Suzy, je ne cessais pas de m'abandonner aux impulsions les plus injurieuses pour elle. J'ai eu maintes fois depuis la nette perception que les femmes à peu près seules manifestent un constant héroïsme et une beauté sans défaillance dans la vie de sentiment.

J'envisageai donc futilement la situation piquante que de fortuites connivences avaient créée entre nous. Ma vanité au fond s'accommodait de ces apparences d'un commerce trop tendre. Je songeais plaisamment qu'il eût été selon la logique qu'à mon tour, par jeu, je lui dise : « Vous voilà compromise... je vous dois une réparation. »

La voiture arriva vers neuf heures. Elle amenait la femme de chambre et le médecin. Je mis rapidement celui-ci au courant. Presque aussitôt il put monter auprès de Suzy.

Par discrétion, j'étais demeuré dans la cour ; je poussai la barrière du verger ; j'errai sous les arbres, réfléchissant à mes affaires personnelles. Il y avait quatre jours que j'étais l'hôte du château ; j'avais pris rendez-vous pour le lendemain, à Fourqueroc, avec un marchand pour la vente d'une coupe de bois. Trois heures de cheval me séparaient de ma héronnière du bord de l'eau : je calculai qu'en quittant Montaiglon au déclin de l'après-midi, je trouverais encore Baptiste dans son premier sommeil. J'aimais ma vie solitaire dans mon vieux logis de garçon ; je ne l'aurais point échangée pour le train pompeux d'une résidence princière. Après chaque absence, il me venait une hâte joyeuse de rentrer.

Je cessai si bien de penser à ce qui se passait là-haut dans la ferme, que je ne pris pas garde tout de suite à Clara, la femme de chambre, s'avançant sous les pommiers et m'appelant pour me prier de monter.

Quand j'entrai dans la chambre, je vis Suzy assise sur le bord du lit, le pied entouré de bandelettes et posé en travers d'une chaise.

Clara lui avait apporté son nécessaire de toilette ; elle avait passé une robe et une fine essence d'ambre, de cuir de Russie se volatilisait dans l'air. Elle ne tolérait point d'autres odeurs.

Elle me regarda venir en souriant, oublia le médecin et elle ne disait rien, toute fraîche, les yeux clairs sous ses boucles noires. Moi aussi, je lui souriais, éprouvant tout à coup une vive joie à me retrouver auprès d'elle. Il sembla que notre existence dût se passer à nous sourire l'un à l'autre, dans un détachement de tout ce qui n'était pas la sensation de la vie jeune, confiante et heureuse. Nous n'étions pas gênés, dans cette minute de bonne harmonie, par la présence du docteur et de la femme de chambre.

Cet homme, qui sans doute avait des malades à visiter, se mit à consulter sa montre. Il rompit un silence qui ne nous pesait pas.

– Un repos de quelques jours, dit-il, et il n'y paraîtra plus.

Remontant ses manchettes du geste dont il se fût préparé à une opération, il s'approcha de Suzy et lui dit :

– Si vous m'en croyez, madame, je vous mettrai moi-même en voiture. L'escalier n'a que quelques marches, et, Dieu merci, j'ai les bras solides.

Je jugeai déplacé le ton dont il parut lui imposer ses services. Quel butor ! pensai-je. Il était donc là près du lit, touchant avec ses mains épaisses la robe de Suzy quand, à mon tour, brusquement je m'avançai d'un mouvement qui nous mit, lui et moi, sur la même ligne. Je ne parlais pas : j'eus l'air de laisser à Suzy le choix entre mes bras et les siens. Mes yeux exprimaient cette idée : « Vous savez bien, ma chère, que ce précieux office ne concerne que moi. »

Déjà, d'un léger émoi, elle s'était reculée devant les mains de l'étranger. Elle m'apparut, dans ce geste intime et délicat, une autre femme soudaine, aux fibres fines et vulnérables. Et maintenant, elle se dressait sur son pied malade et me jetait les mains aux épaules.

– Merci, docteur… C'est monsieur qui me portera.

Elle riait, tranquille, les yeux longs et appuyés. Mon sang courut et je riais comme elle. Il y avait là une joie malicieuse de nous comprendre sans être devinés par notre entourage. Elle ne m'eût pas dit autrement : « Chacun de nous deux, à présent, possède un secret qui est aussi celui de l'autre. » De subtiles affinités nous unirent, étendirent les sensations de la veille et du matin. Ses narines finement frémissaient ; mon cœur battait avec force ; l'instant fut délicieux. Je songeais : « Mon secret est dans mes mains voluptueuses qui ont gardé la forme de son corps. » Je la désirai subitement d'une douceur sauvage comme j'avais désiré la grosse fille. Je ne savais plus quel autre secret pouvait exister entre nous.

Elle se renversa, ses boucles frôlèrent mon menton. Marche à marche, avec son ondulation tiède contre ma poitrine, je descendis, refoulant des genoux le mol enveloppement de sa jupe. Elle avait fermé les yeux ; elle ne riait plus ; il me semblait qu'elle se faisait plus lourde pour mieux m'imprimer sa vie. Et moi, je goûtais la sensation qu'elle se donnait maintenant d'une âme libre. Mon plaisir était bien plus grand que la veille.

Je traversai ainsi la cour et l'étendis dans les coussins du landau. Le docteur l'obligea à allonger la jambe sur la banquette devant elle. Clara déploya les plaids. Et elle n'avait pas poussé un cri, très loin du mal, dans une vie légère et heureuse. Les fermiers alors s'avancèrent avec leurs visages rudes et dissimulés. Michèle m'épiait d'un air finaud de belle fille qui n'est pas fâchée d'avoir elle aussi son secret. À présent je la trouvais sans saveur.

Je vis combien Suzy était au-dessus de la banale reconnaissance qu'une autre n'eût pas manqué de témoigner. Elle les remercia tous trois très simplement, comme une femme qui a le sentiment des distances. Elle ne portait jamais de bijoux sur elle et c'était sa femme de chambre qui gardait sa montre.

– Clara, dit-elle, remettez-la en souvenir de moi à cette demoiselle.

Et puis elle jeta un ordre bref au cocher.

– Allez ! Clara montera un peu plus loin.

Elle supprima ainsi l'ennui de leur gratitude : le don de la montre parut s'attester d'un prix insignifiant à côté de la cordialité de leurs services.

Hercule, sellé et bridé, à la garde d'un des varlets, quoaillait, grattait le pavé du biseau de ses fers. J'assurai mes pieds dans les étriers, et d'un temps de galop regagnai la voiture.

Suzy avait fait monter le médecin auprès d'elle. Clara était assise sur la banquette de face, le nécessaire de toilette dans les genoux. Le trot des chevaux enfila l'avenue, s'allongea sous l'ombre palmée des châtaigniers.

Je reconnus aux foulées l'endroit où avait roulé Suzy. Les empreintes s'embrouillaient, estampaient la terre molle, toutes creuses encore du piétinement sur place de nos montures.

Des paroles me tourmentèrent : je la regardai. L'arc de ses sourcils s'infléchit, une prière glissa au voile plissé des cils. Je compris qu'elle demandait le silence. J'entrai dans ce sentiment délicat, et encore une fois le charme des connivences régna, la route eut son mystère. Un air léger de mai, une clarté blonde pleuvait des feuillages. Des deux côtés, la campagne verte se déroulait, l'ondulation soyeuse des blés, les jeunes et flexibles avoines. De tièdes ondées étaient tombées l'avant-veille : tout le paysage en restait rafraîchi ; une buée d'argent s'effumait à l'horizon. Je pensais : « Le champ aussi doit être haut et vert chez moi. »

L'idée s'accorda avec la beauté de l'heure ; elle ne fut pas altérée par le regret de devoir quitter bientôt Suzy. Je me sentais en équilibre, la tête reposée, le sang clair et joyeux. Je jouissais de la suavité du matin, de l'allure rapide de mon cheval, de l'harmonie subtile qui régnait entre cette jolie âme personnelle de Suzy et la mienne. Ma sensation ne dépassait pas le présent ; elle naissait d'un penchant naturel qui, amoureusement cultivé, était devenu l'une des puissances optimes de ma vie. En supprimant l'inquiétude de l'avenir, elle me permettait de goûter sans mélange l'instantané du bonheur. J'imagine que je dois à ce don favorable de n'avoir point connu la mélancolie.

Il arriva que Suzy, demeurée longtemps silencieuse, se mit tout à coup à parler au docteur de la goutte du vieux Tite, son mari. Ils eurent l'air de continuer un entretien qui, sans doute, avait commencé à la ferme pendant le temps que j'étais au verger. Suzy cessa de me regarder ; elle était tournée vers le médecin et l'interrogeait avec une insistance presque passionnée. Ses narines à présent battaient comme elles avaient battu pour moi, comme j'avais pu croire que seulement elles pouvaient battre pour moi. Je lisais aussi dans ses yeux, aux lumières mouillées, l'exaltation de sa sensibilité. De nouveau il me parut que je ne comptais plus pour elle, qu'un sentiment plus fort avait eu raison de notre délicieuse intimité. Je me sentis humilié dans mes élégances de svelte cavalier, comparé à ce mari valétudinaire. Ce ne fut là d'ailleurs qu'un mouvement sans profondeur, l'affleurement d'un dépit d'amour-propre plutôt que la blessure d'une déception réelle. Si j'avais pu concevoir la crainte d'un trop vif entraînement, la futilité de cette passade d'humeur m'eût rassuré.

Voilà bien la sottise des femmes, pensais-je. Elle m'assomme avec cette histoire de goutte au moment où je me sens les meilleures dispositions pour elle. Je retins un peu de temps Hercule, laissant prendre une avance au landau. Les voix bientôt se coupèrent de pauses ; celle de Suzy cessa d'alterner avec la basse grasseyante du docteur. Mon ennui se dissipa ; d'un claquement de langue j'excitai mon cheval, soignant mes aplombs, heureux de me sentir bondir et retomber en selle avec un rythme élastique. Le bonhomme à présent continuait à discourir seul sur les arthrites variées qu'il avait eu l'occasion de soigner. Suzy ne lui répondait plus, les yeux perdus.

La route s'escarpa ; nous commençâmes de gravir les pentes en circuits qui mènent au château. Elles tournaient autour de la grande roche, taillées dans le schiste, longeant d'un côté de rouges parois fleuries de ravenelles, arborées d'essences légères, avec la profondeur de la vallée de l'autre côté, à mesure plus reculée, toute claire d'eaux courantes. Je goûtais la grâce du paysage, un peu en arrière de la voiture qui, au pas ralenti des chevaux, roulait sur de fins graviers bleus. La dernière rampe franchie, le parc se déploya. L'attelage, autour des pelouses, décrivit un cercle, vint s'arrêter devant le large auvent vitré.

Ce fut moi encore une fois qui portais Suzy. Mais le charme sembla rompu ; les affinités se dénouèrent. Avec son poids léger dans les bras, je montai tranquillement les marches de granit. De loin elle souriait au comte qui s'avançait, appuyé sur deux cannes, des sandales aux pieds.

- Ah ! mon ami ! quel triste réveil ce matin quand j'ai appris...

Je l'avais étendue dans une chaise longue ; d'une grâce câline d'enfant elle lui offrit son front. Il courba sa haute taille, souriant, tâchant d'apparaître aimable à travers les pinçures du mal, et lui baisa les paupières.

Je n'avais aucune raison, après tout, d'en vouloir à cet homme qui m'avait constamment témoigné de la cordialité. J'éprouvai plutôt du plaisir à lui serrer la main, en songeant à la différence qui régnait entre lui et moi. Le torse détendu, balancé dans une cambrure des reins après le léger effort de la montée, je le regardais avec la bienveillance que procure le sentiment de la supériorité physique.

Le vieux Tite, comme nous l'appelions entre amis, depuis un peu de temps déclinait. Il avait perdu la belle humeur de vie qui égayait nos parties de polo et de tennis, à l'époque où Suzy m'avait présenté à lui. Il y avait alors un peu plus de six mois qu'elle avait mis sa petite main dans la large poigne de ce gentilhomme resté vert sous les ans, sa forte tête grise bien plantée dans les épaules, avec l'air d'une seconde jeunesse dans son existence d'homme de plaisir et de travail.

Mon Dieu ! avait-on daubé sur ce mariage ! À la suite d'une crise qui avait frappé la métallurgie, la débâcle s'était mise dans les affaires du père de Suzy, le grand usinier de la contrée. M. Jacques Herbrand avait voulu lutter ; des millions s'étaient engloutis dans le travail à perte et l'amoncellement des stocks. Atteint dans sa vie, sa grosse vie heureuse et bruyante d'industriel qui avait cru pouvoir maîtriser la fortune, il aurait vu venir la ruine au bout de son grand courage inutile si cette petite Suzy, d'un esprit si volontaire, en épousant M. de Montaiglon, n'avait fait rentrer l'or et le sang dans l'énorme organisme épuisé. Comme elle s'était mariée un mois avant la mort de son père, on supposa que la dévotion filiale avait été la cause de cette union disproportionnée. Elle avait alors vingt-quatre ans ; le comte, maître d'un vaste domaine, était un ancien ami de M. Herbrand. L'usine n'eut pas le temps de chômer : les affaires presque aussitôt avaient repris. Suzy, avec la majorité des parts en propriété, devint l'âme active de la gérance.

On s'étonna alors que le sacrifice, qu'on voulait voir au fond de la vie de cette jeune femme, n'eût point altéré l'indépendance de son caractère. Elle avait gardé sa gaieté vive, très sérieuse au fond, vaillante aux devoirs de sa vie nouvelle. Et Tite, un jour, m'avait dit :

– Suzy est bien extraordinaire. Elle ne cesse pas d'être pour moi la jeune fille que j'ai vue grandir chez son père et à la fois elle est une femme d'une énergie et d'une activité au-dessus de son âge. Elle vient de congédier mon régisseur. C'est elle, à présent, qui s'occupe de tout au château. Quand vous la voyez le matin rentrer à cheval, elle a déjà fait le tour des fermes et visité l'usine.

Le médecin, pressé de partir, sa montre dans les doigts, le rassura sur la bénignité de la foulure. Je m'aperçus qu'il l'écoutait distraitement, le visage tiraillé par les élancements de la goutte. Et tout à coup, pris d'un accès plus violent, il se mit à crier qu'on lui coupât les jambes. Dans les intervalles, il geignait avec des plaintes grelottées et continues. Son égoïsme de malade le rendait insensible à toute autre peine que la sienne. Il avait fait avancer un fauteuil près de la chaise longue et parfois la regardait avec des yeux presque irrités. Je me persuadai qu'il lui en voulait d'être privé de ses offices. Mon égoïsme à moi, d'ailleurs, fut presque égal au sien.

Tout en plaignant sincèrement Suzy, je ne pensai plus qu'à regagner rapidement ma bastide.

Je fus là parfaitement étourdi, selon mon habitude. Je commis l'impardonnable faute de me méprendre une fois de plus sur le caractère de mon amie. Ma commisération fut une de ces poussées banales de la sensibilité, que la simple clairvoyance eût dû m'interdire. Rien ne ressemblait moins à de la résignation attristée que son empressement, ses ardentes et vives charités. Elle avait pris les mains de Tite et le regardait avec de jeunes yeux humides. Son propre mal à elle n'exista plus à côté de ce mal plus grand ; toute sa vie se concentra dans les puissances magnétiques dont, à mesure, elle allégeait sa peine de vieil enfant difficile. L'accès s'apaisa ; un air léger passa dans les chambres ; le comte insista pour m'avoir à déjeuner ; elle-même m'en pria d'un sourire.

Il paraît que je contai d'agréables anecdotes ; ce tour d'esprit m'était peu familier ; je mis d'autant plus d'amour-propre à tâcher d'y réussir et elles déridèrent Tite. Suzy s'écria :

– Vous en savez donc ?

L'ancienne connivence se rétablit. Nous ne finissions pas de nous regarder avec de petits rires excités : mais cette gaieté peut-être manquait de franchise. L'approche de la séparation ne fit que m'énerver davantage. Je pensai : « Est-ce bête ? Je ne la désire plus et j'ai le cœur gonflé comme si je ne pouvais me décider à la quitter. » Moi qui m'interdisais l'alcool, je me versai de l'eau-de-vie coup sur coup. Elle me regarda avec une ironie insistante.

– Prenez garde. C'est le quatrième verre. Vous allez compromettre vos élégances de beau cavalier.

Elle sembla avoir lu en moi la pensée que j'avais eue en me comparant à Tite. Je fus piqué, me sentis un peu ridicule. Suzy, dans son horreur de la sensibilité, m'apparut bien plus homme que moi. Peut-être lui aurais-je sottement répondu ; mais le cliquetis clair des gourmettes tinta au bas du perron. La fine tête d'Hercule frémit, se silhouetta dans la haute verrière. Le palefrenier le tenait par la bride, tandis que le valet de chambre assurait dans la courroie, près des arçons, mon nécessaire de voyage.

- Eh bien ! dis-je, au revoir... Et enchanté...

Le vieux Tite, se soulevant sur une de ses cannes, me tendit la main. Et Suzy aussi, de sa petite taille d'enfant, s'était mise droite, un genou sur sa chaise, avec le retroussis du bas de sa robe par-dessus son pied bandé.

J'étais là près d'elle à présent, ses doigts dans les miens, repris d'un battement de cœur. Il me semblait convenable, pour un gentleman distingué comme je l'étais, de formuler un regret discret et galant ; intelligible seulement pour nous. Les idées ne se lièrent pas ; je ne pus trouver qu'une phrase assez froide pour la prier de me rassurer par un billet sur la santé du comte et la sienne. Elle haussa les épaules. Mais sa main fortement pressait la mienne ; elle appuya un regard noir et volontaire.

- Vous savez, fit-elle très haut, je tiens toujours ma parole.

À son air résolu, je la vis décidée à une chose encore secrète pour moi. Mes doigts vibrèrent : doucement, avec le pouce je caressais son poignet. Il sembla qu'il dût nous suffire désormais d'un simple signe un peu familier pour nous sentir d'accord. Comme je m'attardais, elle me poussa le coude :

- Mais allez donc ! Au revoir !

Le feutre mou de l'allée s'enfonça sous les sabots de mon cheval ; je longeai les pelouses. Un souffle léger d'après-midi ventilait les essences, les frémissants tamaris, la grâce svelte des bouleaux, la pourpre bleue des hêtres en berceau. Et puis je commençai de descendre au pas les lacets des rampes. Au premier tournant, je virai sur ma selle et regardai vers les verrières. Suzy, le visage aux hautes glaces, m'apparut. Je levai mon chapeau et l'agitai joyeusement. Et puis la paroi du roc se dressa, fleurie, énorme. Au bas de la dernière rampe, je rendis la bride.

J'étais dans un état d'esprit excellent. La chaleur de l'alcool stimulait mes humeurs, délicatement m'étourdissait. J'aspirais avec sensualité le poil moite d'Hercule, l'odeur de cuir neuf de la selle souplement craquante sous moi. De molles étendues se déroulèrent ; le décours de l'heure se tamisa de minces nuées violettes. Quelquefois je pensais : « Que voulait donc dire Suzy ? » À la fin des rapports se nouèrent, des sens jusqu'alors confus s'élucidèrent. Une idée glissa, revint. Je n'étais plus aussi sûr que tout cela ne fût qu'un simple badinage. Je fus près d'elle, au bord du lit, dans le clair matin. Elle palpitait, toute chaude de vie jeune. Le velours noir de son regard roula dans un rire : étrangement elle fit allusion à une réparation. Bon Dieu ! quelle amusante plaisanterie ! Maintenant mon sang courait.

Je passai tout un jour dans le bois avec le marchand. Il me fallut déjouer les ruses tenaces par lesquelles ce margoulin rusé prétendait se réserver un choix parmi les arbres de la coupe. Par lassitude j'allais céder, quand tout à coup je songeai à Suzy. Ce n'est pas elle qui se serait laissé rouler !

– En voilà assez, lui dis-je en tournant résolument les talons. Ce sera toute la coupe ou rien.

J'étais là dans mon rôle de petit seigneur rural faisant moi-même mes affaires, vendant mon bois et mes récoltes comme mon père avant moi l'avait fait. De la réussite de ces marchés dépendait la tranquille ordonnance de ma vie, trois mois à la ville, les autres mois dans la montagne avec mon cheval, mes chiens, mes deux vaches et le ménage Baptiste, l'homme à la fois jardinier et palefrenier, la femme cuisinant et faisant les besognes de la maison. C'était tout ce que la fortune m'avait laissé après l'abandon d'une part de mon patrimoine pour sauver l'honneur du nom familial dans une affaire de concussion où s'était compromis mon frère.

Fourqueroc, en bois et en champeaux, avait cent hectares, haut sur sa butte, avec son pignon nord cimenté dans le schiste à pic et surplombant la rivière, une poivrière à chaque angle, avec sa façade intérieure orientée au midi et s'ajourant sur les corbeilles et les pelouses des jardins. Ceux-ci, vers la droite, montaient, s'échelonnaient en terrasses étayées d'antiques murs en moellons et paisselées d'arbres à noyaux. De la plus basse des terrasses, par des pentes en circuits, on gagnait, sous des voûtes de charmilles, la coulée profonde, la large nappe lumineuse de l'eau au pied de la roche. La barque et le bac y étaient amarrés près des saules. Leur feuillage chevelu s'épandait sur mes membres nus après le bain matinal.

Je vivais là d'une vie libre, chassant, pêchant, levé dès l'aubette, d'amples grègues aux reins, les pieds chaussés d'épais souliers aux semelles cloutées. La rivière et les bois me limitaient. Une lieue de piéton me séparait du plus prochain hameau. Il arrivait qu'à part le ménage Baptiste je ne voyais personne pendant des semaines. Je puis dire que dans cet isolement, avec le silence des chambres autour de moi, lisant çà et là un livre que m'envoyait mon libraire, je goûtais la vraie joie de la vie. C'était comme un retour aux énergies saines de ma race, à cette rude et mâle existence d'hommes de la nature qu'avaient été les miens, gentilshommes terriens vivant aux confins de la forêt près de leurs tenanciers.

La pipe au bec, acceptant le temps comme il venait, pluie ou soleil, je partais surveiller, selon la saison, la cueillette des fruits, la rentrée des avoines ou la fenaison dans les prés qui longent la rive, de l'autre côté de l'eau. Le fusil à l'épaule, je gagnais la futaie, faisant lever le lapin et le faisan. À la tombée du jour, Baptiste détachait la barque. Laissant couler à fond le ferret, nous poussions vers les criques poissonneuses ; je posais mes verveux. Il y avait toujours de la chevesne, de la tange et du percot aux mailles de l'osier quand le lendemain, dans le brouillard léger du matin, j'allais les relever. Quelquefois nous prenions de la truite ou du brochet. Je n'aurais pas donné les plus belles parties de tennis ou de foot-ball pour le plaisir de descendre au fil de l'eau sous le friselis des feuillages, avec le battement de queue des poissons dans la banne au fond du bachot.

Cependant c'était pour moi un devoir de convenance de consacrer à d'anciens amis deux mois de l'année. Je m'arrangeais de façon à passer à peu près un temps égal chez ceux que j'aimais le mieux. Alors je devenais un homme cérémonieux et correct, jouant savamment du monocle et soignant les apparences. J'acceptais, par soumission aux usages du monde, de m'ennuyer confortablement, avec tous les dehors d'un jeune homme distingué. Oh ! un assez mûr jeune homme déjà, car j'avais dépassé de plusieurs lustres l'âge où ce nom est joyeusement porté.

Quelle contradiction ! J'étais enclin aux sensations fraîches d'un homme de la campagne et je ne pouvais me résigner à rompre avec des habitudes qui m'enlevaient à mes plus constantes dilections. Je ne reprenais vraiment possession de moi-même qu'en rouvrant au matin ma fenêtre sur les fuites vaporeuses de la vallée, en regardant au bas de la grande roche se chiner de rais vermeils les lentes huiles de la rivière. Le sens de ma destinée aussitôt reparaissait parmi les amènes et fortifiantes impressions de la terre. J'avais la conscience que ma personnalité ne se séparait pas de cette vie un peu sauvage qui fouettait mon sang et accélérait le jeu de mon aorte.

En somme, mon trafic avec le marchand de bois pouvait passer pour avantageux : il me donna une aimable paix d'esprit. Dès le premier soir, j'allai poser mes nasses avec Baptiste, et le lendemain je fis le tour des cultures, jouissant de les voir hautes et vertes comme je l'avais espéré. J'avais pris Jack, le lévrier d'Écosse, avec moi : c'était une bête gracieuse qui m'était attachée. Vraiment j'agissais là avec un enviable détachement d'esprit : je n'avais jamais songé plus naturellement à cette un peu déroutante Suzy qui si singulièrement m'avait dit, en me pressant les mains :

– Vous savez, je tiens toujours ma parole.

Il arriva toutefois qu'au bout de la semaine, moi qui, avec la chaleur toute vive encore de ses petits doigts à ma peau, m'étais senti si léger de mémoire, je commençai à m'inquiéter de savoir si elle m'écrirait comme je le lui avais demandé. Je pris l'habitude d'aller au-devant du piéton à l'heure où il montait la côte. Nerveusement, en tirant sur ma pipe, je l'interrogeais.

– Pas de lettre ?

Un billet de sa grande écriture anglaise m'eût fait plaisir. Je rentrais dépité, le cœur flottant, gonflé d'un vague d'oubli et de rupture. Je ne me reprenais pas tout de suite. Et puis, dans la montagne, mon dédain sonnait, mon rire d'homme fort pour une veulerie passagère. La haute roche sous mes pieds me grandissait. Je voyais la vie de plus loin. Elle et moi, après tout, n'avions pas cessé de côtoyer les rives éprouvées de l'ancienne amitié. Rien ne s'était passé qui autorisât le soupçon d'une défaillance chez Suzy. Elle était tombée de cheval ; je l'avais tenue contre moi ; je l'avais portée au lit. La situation eût été la même avec tout autre que moi. D'un leurre des sens, de l'inévitable attrait sexuel était née, autour d'un jeu spécieux et subtil, l'éphémère illusion. Bah ! Plume au vent... Je grimpais sur la plus haute roche ; je poussais une clameur. Des vols noirs de corneilles tournoyaient. Je les tirais l'une après l'autre. J'en abattais une hécatombe.

Un mois s'écoula : j'avais pris mon parti de son silence. Quelquefois, quand le sang me tourmentait, je partais vers la tombée du jour ; je marchais longtemps à travers la campagne et puis j'entrais dans une petite maison qui m'était connue. C'était, à l'entrée du village, un cabaret : il y avait là une jolie fille qui se passait un ruban rouge dans les cheveux. Le père et la mère, de vieux paysans sournois, après avoir fermé la porte du côté de la route, s'en allaient discrètement dans le champ. Elle s'asseyait alors sur mes genoux, et moi je goûtais un étourdissement léger à caresser son corps frais. Il ne me restait pas plus de souvenir de ces courtes rencontres que d'un cigare fumé sur le chemin. Une quiétude heureuse, ensuite, pour un peu de temps égalisait mon humeur.

Un matin, j'étais parti devant moi. J'avais entendu, à l'aube, tirer des coups de fusil aux acculs du bois. Il m'était arrivé déjà, en battant les taillis, de découvrir des lacets posés par les braconniers. C'était toujours pour moi le sujet d'une vive irritation. Je n'aurais pas été le maître de ma colère si j'avais surpris les coupables. Oui, la vie d'un homme en ce temps m'eût semblé un équitable dédommagement des ravages causés dans ma garenne. Je croyais sincèrement que la loi ne protégeait pas suffisamment les seigneurs contre la ligue sourde des engeances pillant, maraudant, décimant les meilleures chasses.

La pétarade avait éclaté dans la petite ombre pâle du crépuscule matinal, à l'heure des primes randonnées du lapin. J'avais ouvert ma fenêtre, j'avais tiré au jugé, dans la direction du bois. S'il en est un qui a reçu du plomb, je le verrai bien au sang tout à l'heure, me disais-je. À présent, je coupais à travers les taillis, épiant, faisant flairer le serpolet à Jack : l'évent de la rôde nocturne s'était depuis longtemps effumé au chaud soleil.

Bientôt la douceur de ce matin sous les arbres me détendit. La rosée emperlait les fougères. Une ondée de fraîche et jeune lumière pleuvait des hautes branches, tremblait en petites mares d'or sur le chemin. Je m'assis sur une souche. J'aspirais les aromes verts en écoutant tomber les quatre notes mouillées du loriot dans le clair silence léger du bois. « Mon Dieu ! pensais-je, on vivrait si tranquillement si chacun acceptait simplement la vie, le paysan, maître dans sa chaumine, et le seigneur, roi sur ses terres ! » Un sens complémentaire eût pu ainsi se déduire de là : que cette racaille des champs, une fois pour toutes, se résigne donc à sa condition classique de bête humaine, vouée à être reconduite à coups de bottes dans les reins quand elle arrive se plaindre du passage des lapins dans les cultures. Mon ennui s'en alla à travers les bouffées de ma pipe. Je ne sentis plus que la stillation de ma vie en moi, fraîche et profonde.

Tout à coup la cloche tinta : c'était un signal convenu qui me faisait rentrer quand quelqu'un me demandait à Fourqueroc. Baptiste, à la volée, agitait la cloche et moi, je répondais par un coup de sifflet. Les sons, dans l'air haut, vibrèrent ; mais je ne me dépêchais pas d'emboucher mon sifflet, irrité qu'un intrus me dérangeât dans cette paix délicieuse du bois. De nouveau la cloche s'ébranla et, cette fois, me mettant debout, je sifflai.

Je quittai le bois, je poussai la grille des jardins et à présent je réfléchissais que c'était le temps où le marchand de bois m'avait promis d'apporter son premier règlement. Aussitôt ma maussaderie tomba, je tournai les pelouses en pressant le pas. J'avais les dispositions bienveillantes d'un homme qui va recevoir de l'argent. Le bosquet s'éclaircit : dans la cour, la jument de Suzy était attachée à l'anneau près de l'écurie et Baptiste, subreptice, inquiet, m'informait :

– Il y a là une jolie dame qui attend dans le hall.

La sensation fut mauvaise. Brutalement je pensai qu'elle arrivait s'offrir. L'idée qu'elle tiendrait ainsi sa parole ne m'était pas encore venue. Un mépris froid, l'instinctif écart du mâle pour les avances de la femme aussitôt tempérèrent l'ancien désir. La veille, d'ailleurs, j'étais allé jusqu'à la petite maison. Quoi ! Suzy était là, la chair toute frémissante de ses deux heures de galop, elle m'apportait sa jolie âme mousseuse et moi, avec mon sang rassis, maintenant je l'égalais à cette fille qui tout de suite faisait tomber sa robe quand je venais !

Je montai en courant les marches du perron. Déjà j'étais redevenu le jeune homme distingué qu'une adroite hypocrisie assouplit à de subtiles simulations.

– Vous, Suzy ?

– Moi, dit-elle en riant sans se lever du fauteuil d'osier.

Et la jupe de son amazone mastic légèrement relevée sur ses guêtres à boutons de nacre, elle battait à petits coups de sa cravache leurs disques luisants l'un après l'autre, avec attention.

J'étais debout devant elle, continuant à lui sourire d'un air charmé, les dents au clair, ces larges et blanches dents qu'elle m'avait dit un jour, par moquerie, aimer autant que le cercle de verre que j'appliquais à mon œil. La péripétie se présenta ainsi dans mon esprit : « Comment va-t-elle s'y prendre pour me dire le but de sa visite ? » Un silence coula, une courte gêne. Et puis, les yeux plissés d'ironie, elle me demanda si je n'avais pas senti à quelque chose dans l'air qu'elle allait venir.

Non, ce n'était pas ce que j'attendais. Je haussai les épaules doucement, d'une gaucherie affectée, toujours souriant. Et à son tour elle levait les siennes, fouettait d'un dernier coup la pointe de sa bottine, en apparence très calme, sûre d'elle.

- Je ne vous gêne pas, au moins ?

- Quelle idée ! Mais je suis parfaitement heureux.

Elle parut prendre intérêt à considérer les trophées de chasse qui décoraient les murs, m'interrogeait en me les désignant avec la pomme d'or de sa cravache.

- Cette hure-là ?

- Oh ! une bête énorme qui ravageait tout le pays. C'est mon père qui l'abattit. Nos bois alors se joignaient, le plateau n'était qu'une vaste forêt. Il y avait beaucoup de renards aussi… Une fois, j'avais douze ans, j'ai tué celui que vous voyez-là.

Elle se leva, ramassa la traîne de sa robe qu'elle se jeta sur le bras, fit très vite, à petits coups de talons sonores, le tour du hall. Elle paraissait agitée, nerveuse, et puis, revenant vers moi, elle me dit hardiment, tout à fait calme :

- Vous vous souvenez de la dernière parole que je vous ai dite au château ?

La situation se brusqua. Je répondis en riant, d'un ton léger :

- De celle-là comme des autres, Suzy.

Jusqu'alors nous avions ressemblé, elle et moi, à deux partenaires qui diffèrent un engagement décisif, en attendant d'être fixés sur leurs dispositions réciproques. Mais, avec cette question de Suzy, les intervalles soudain se soudèrent ; la minute présente continua la minute où, d'une pression de mains frémissante, elle avait paru sceller un pacte moral conclu entre nous. Mais moi, à présent, je n'éprouvais plus le même vertige léger.

- Eh bien ? fit-elle.

Toute autre femme eût pu en dire autant ; et cependant, avec Suzy seule, se précisait ce sous-entendu agressif : « Puisque vous savez maintenant que je tiens toujours ma parole, qu'attendez-vous ? »

- Mon Dieu, Suzy, lui dis-je, je n'ai jamais douté de vous... Mais non, jamais, croyez bien.

Les mots s'allongeaient froids, dilatoires, frémissants. Nous étions l'un devant l'autre souriants. Le flot chaud de la vie monta : un souffle remuait ma moustache. Je la vis palpiter, sensuelle et résolue, dans une beauté de jeune héroïsme.

Comme elle l'avait fait à la ferme, elle leva les mains jusqu'à mes épaules ; elle me dit lentement :

- Philippe, voulez-vous de moi ?

Elle parla ainsi selon la spontanéité et la simplicité de la nature. Elle ne dit qu'un mot, et il fut décisif comme si déjà elle s'y donnât tout entière. Ayant entendu cette franche parole, je fus saisi, aux racines de la vie, d'un sentiment profond. J'oubliai qu'après tout elle s'offrait comme je l'avais prévu : je n'avais pas prévu qu'elle me dirait cette petite chose ingénue et franche. D'une voix d'enfant, elle me demandait innocemment si je voulais de son amour : je n'aurais eu, après cela, qu'à l'emporter jusqu'au lit. Je l'avais fait avec tant d'autres ! Mais, les autres, c'était moi qui étais allé vers elles ; aucune n'était venue la première comme Suzy. Presque toutes avaient eu des amants, et cependant elles ne se rendaient qu'après un simulacre de défense. Et voilà, l'homme frivole à présent était retenu d'une peur timide et respectueuse, comme devant une neuve jeune fille.

Je n'étais pas troublé par la pensée du geste avec lequel je la prendrais. Je ne songeais pas à la pauvre et laide chose qui, entre un homme et une femme encore inconnus, est comme le tâtonnement honteux de la connaissance. C'était un autre sentiment, une joie de protection, un besoin tendre de la défendre contre un égarement de nos sens.

Avec le tremblement de mes mains, doucement je l'attirai vers le fauteuil d'osier. Je me sentis l'aimer d'une ardente passion d'amitié : je n'aurais pas eu une meilleure sensibilité pour une enfant malade. Je fus à ses pieds. D'un grand battement de cœur, je lui disais des paroles câlines, montées du fond de moi.

– Suzy ! ma petite Suzy ! se peut-il que ce soit vous ? Mais je ne vous ai pas méritée ! Je ne suis qu'un homme comme tous les hommes. Et puis, s'aimer, c'est bien terrible !

Elle haussa les épaules :

– Je suis venue la première, dans la plénitude de ma volonté. Et ce qui arrivera, je l'aurai voulu aussi.

Elle me regardait droit aux yeux. Je sentis ses genoux s'écarter. Moi-même, par la force inconsciente et soudaine du désir, je pénétrai dans sa vie. Elle fut contre la mienne profondément, avec la forme de son corps entre mes mains nouées à sa taille. Et j'étais à présent sans volonté devant cette volonté plus ferme qui était venue vers moi pour être prise et me prenait. Je lui baisais le cou et les épaules ; j'attirai sa petite oreille entre mes lèvres et la suçai comme un fruit. Soudain elle tourna la tête ; nos bouches se joignirent ; elle poussa un cri, toute pâle, les yeux fermés, dans une longue palpitation blessée.

Aucune femme sur ma bouche n'avait eu encore un tel cri. Sous sa petite main crispée, avec le tressaillement de sa souple vie dans mes bras, je redevins un novice jeune homme. Je la tenais de toutes mes forces pressée dans ma poitrine avec mes coudes ; mais mes mains n'osaient plus se poser à ses hanches, comme s'il y avait encore trop de l'amie dans celle qui si follement se donnait à moi. Je ne puis expliquer autrement ce sentiment : il m'était encore inconnu. Et un peu de temps elle resta là dans sa peine, les dents serrées, la tête rejetée en arrière, m'écartant faiblement à présent de la main tandis que moi je l'enveloppais de mes fureurs timides. Et puis elle me dit presque avec colère de sa voix rauque et basse :

– Mais prenez-moi donc ! Vous voyez bien que je vous veux !

Cela non plus, je ne l'avais point encore entendu. Si une autre femme m'avait parlé ainsi, je serais plutôt parti. Cette petite Suzy, m'enjoignant l'amour avec la voix dont elle eût jeté un ordre à un laquais, me plongea dans un embarras cruel. « Mais oui, prends-la donc, me soufflait mon orgueil d'homme ; fais à ton tour acte de volonté ; tu es bien assez ridicule pour avoir tant différé. » Déjà ce n'était plus l'élan glorieux de la passion ; je raisonnais comme un homme qui, pour ménager son amour-propre, se persuade qu'il va céder enfin à un mouvement personnel. J'éprouvai jusqu'à l'angoisse l'humiliation de cette minute délicieuse et pénible.

Elle trembla soudain de tout son corps. Ses lèvres furent violettes et elle baissait les yeux : elle n'osait plus supporter mon regard. Mon trouble tomba. Je la pris dans mes bras : encore une fois j'eus le poids souple de son corps d'enfant contre moi. Rapidement je montai vers la chambre ; mais arrivé aux dernières marches, l'idée terrible se présenta ; je songeai avec effroi à ce costume presque masculin qu'elle portait et qui déroutait les tactiques. La robe de la jolie fille au ruban rouge ne tenait que par quelques agrafes ; elle la faisait glisser d'une ondulation de ses reins et ensuite elle était nue sous mes mains. La scène fut sauvage. Je la déshabillai d'une brutalité d'homme maladroit et qui veut paraître plus assuré qu'il n'est. Les boutons volaient sous la hâte gauche de mes doigts. Et elle se laissait faire, m'épiait d'un étrange regard inquiet, hardi et ingénu. J'entendais tinter son cœur comme un grelot.

Et puis ce fut une chose adorable comme il en est arrivé à bien peu d'hommes, une chose qui, aujourd'hui encore, me pince délicieusement les fibres. Je l'avais portée au lit ; elle demeurait sous mes caresses une passive amante ; et soudain sa vie déchirée cria.

L'âme rouge des noces agonisa dans la douleur. Avec stupeur, du lit dévasté je vis se lever l'ignorance fraîche d'une vierge. Ma folie bégaya. Je fus brisé de fièvre et de joie. Quel mystère ! Cette jeune femme de vingt-six ans qui, ce matin-là, avec son étrange désir, était venue pour être prise comme une simple fille, n'avait pas encore ouvert sa robe pour un homme !

Elle s'abandonna dans un frisson froid, sans une parole. Elle serra les dents sur le cri de sa chair comme sur un aveu. Mais moi, qui avais rompu le sceau de sa virginité, j'étais là pleurant de bonnes larmes sur sa petite épaule. Je lui aurais donné ma vie d'égoïsme pour cette minute inouïe.

Je revins ainsi à l'âge charmant de la première femme connue. Maintenant aussi je lui demandais si humblement pardon pour l'avoir prise comme les autres ! Je l'invoquais d'une ardeur de jeune homme innocent pour une jeune fille après l'abandon des prémices. Mais elle, quel changement ! Tranquillement elle me regardait avec sa bouche muette et ironique. Elle sembla indifférente au bonheur qu'elle m'avait donné, très loin de moi, dans la solitude de sa volonté réalisée.

À la fin, cette froideur me jeta dans un si grand trouble que je la suppliai, avec un déchirement de tout mon être, de me dire si réellement elle n'avait jamais appartenu à son mari. Elle baissa les yeux, me dit en riant comme une courtisane :

– Pensez-en ce que vous voudrez.

Aussitôt elle se couvrit le visage avec la main ; elle parut me cacher son âme, elle qui sans honte m'avait livré le mystère frais de son corps. Dans la confusion de sa vie nue près de la mienne, elle eut tout à coup la première rougeur et ce fut Ève après le péché. Alors il me vint étrangement la pensée que peut-être elle rougissait d'être vierge, se sentant là, dans la misère de son flanc sans amour, inférieure aux autres femmes qui avaient déjà dénoué leur ceinture. Fièrement elle avait répudié la vulgaire pudeur physique et sembla n'avoir plus gardé que la pudeur de l'orgueil.

Il pesa un silence où ni l'un ni l'autre, avec le cœur plein de paroles, n'osions parler. Soudain elle se roula dans ma poitrine, criant :

– Philippe ! mon cher Philippe !

Son secret ainsi me fut révélé. Elle ne m'eût pas dit autrement : « Ne m'oblige pas à te confesser cette chose humiliante. » Je la baisai mille fois ; elle-même eut toutes les fureurs d'une ardente maîtresse, déjà initiée. Elle mordait ma bouche et, après la crise, demeurait morte dans mes bras, avec des yeux délicieux.

La jument, agacée par les mouches, se mit à tirer sur l'anneau en piétinant rageusement. Les fenêtres de la chambre s'ouvrant vers la cour, nous entendions le battement de ses fers sur le pavé. Elle se rappela.

– Cette pauvre Beth !

– Chère Suzy ! lui dis-je, je vais descendre. Je donnerai l'ordre de la mettre à l'écurie. Nous déjeunerons ensuite, si vous ne vous méfiez pas trop des talents de Martine.

Elle glissa du lit ; l'ivresse était finie ; des distances nous séparèrent. Non, elle ne pouvait pas ; elle avait pris rendez-vous chez son notaire dans la matinée. Une affaire à terminer, la cession d'une lisière de bois pour le passage d'une route vicinale. Et d'un air détaché, elle m'expliquait :

– Vous savez, Tite est un grand enfant qui n'entend rien à l'argent. Il avait mis sa confiance dans un intendant qui le volait. Alors, quand je suis venue, c'est moi qui…

Le comte déjà me l'avait dit. Elle s'habilla nerveusement, s'irritant des résistances d'un bouton, redevenant à travers une vivacité colère la petite femme brusque d'avant l'amour.

– Mais aidez-moi donc, je n'en sors pas.

Avec sa grâce souple de petite essence, elle se débattait sous mes mains, dans l'impatience rageuse de mon effort maladroit. La glace la refléta en culotte de cheval, ses fins bras nus sortis des épaulettes de la chemise, demi-fille, demi-garçon. Elle eut un rire amusé.

– Est-ce drôle, une femme qui se rhabille devant un homme !

Et à présent elle était là devant moi avec son odeur chaude, les yeux clairs et droits comme si elle ne m'avait pas donné sa vie.

Aucune parole d'amour n'était sortie de sa bouche, bien qu'elle eût connu avec moi le grand frisson nuptial. Elle était venue comme une femme qui cède à la passion, et pourtant maintenant il n'y avait pas de différence entre elle et la fille au ruban rouge. Celle-là aussi peut-être, avec son humble cœur de plaisir, m'aimait et elle ne me l'avait jamais dit.

Je me retrouvai tout à coup moi-même très calme après l'excitation qui m'avait fait pleurer comme un naïf jeune homme. Nous plaisantâmes aimablement de choses indifférentes, sans rapport avec l'heure tendre. Je n'étais pas gêné par le besoin de lui témoigner plus d'abandon qu'elle n'en montrait. Ma sensibilité sembla émoussée d'avoir trop vibré dans la crise délicieuse où je goûtai réellement un vertigineux bonheur.

Cependant, au moment où, son petit feutre à haute plume sur les yeux, elle passa la porte, je crus devoir manifester un peu de chaleur. Je l'enlevai dans mes bras, la serrai d'un coup de passion contre moi.

– Ô Suzy ! Suzy !

Elle eut au coin de l'œil un rire ironique, comme une petite bête sauvage. Voilà, pensai-je, elle m'a pris comme elle en aurait pris un autre. Je la laissai retomber, et, dans mon dépit, je ne trouvais plus rien à lui dire.

Elle dégringola les marches de l'escalier, d'un bond gagna la cour, et attirant la jument par la tête, elle lui appuyait le visage aux naseaux, câlinement. La bête soufflait de plaisir et, du retroussis de ses grosses babines, tâchait de lui prendre la joue. Alors mes nerfs se tendirent : mon cœur se gonfla d'une peine brusque.

- Voyons, Suzy, lui dis-je, allez-vous partir comme une étrangère ?

J'étais resté en haut du perron et lui tendais les bras. Elle tirait sur les sangles de la selle et me répondit étrangement :

- Je vous détesterais si cette chose désormais pouvait vous donner des droits sur moi.

Oui, ce fut bien l'énigmatique femme venue au matin avec sa chair de désir qui me parla ainsi. Nous étions l'un devant l'autre à présent comme deux êtres qui ont cédé à un égarement passager et qui ne se reverront plus.

- Eh bien ! adieu, Suzy ! lui dis-je tristement. En vous perdant, je perds à la fois une amie et une…

Elle eut un beau mouvement de passion, remonta les quatre marches en courant, s'abattit dans ma poitrine. Pendue des mains à mon cou, elle écrasait des mots contre ma bouche.

- Une maîtresse, n'est-ce pas ? C'est bien cela ? Eh bien ! oui, tu seras mon amant chéri. Tu seras mon autre vie. À deux, nous aurons des bonheurs.

Encore une fois, elle cédait à la nature, et elle ne me lâchait pas, avec le rire et la fièvre de son désir dans mon cou.

- C'est moi qui te voulais. C'est moi qui t'ai pris. Tu n'avais donc pas vu que je te voulais ? Je t'ai voulu comme une chose défendue. Aucune loi humaine n'aurait pu me contraindre à me donner autrement.

Des sabots battirent la cour. J'aperçus Baptiste qui se dirigeait vers l'écurie en regardant de notre côté. Elle se laissa couler de mes bras, toucha légèrement les dalles à la pointe de ses bottines, et, de toute sa joie, elle riait d'avoir été surprise.

- Après tout, ne suis-je pas votre femme ? Mais c'est vous, mon pauvre Philippe… Qu'est-ce qu'ils vont penser de vous ?

Voilà, oui, qu'allaient penser ces gens ? Jamais une femme, avant Suzy, n'avait fait dans la maison son petit bruit de talons. Et celle-là, à peine entrée, déjà bouleversait ma vie. Je descendis avec elle les trois marches. Baptiste de nouveau passa ; dans mon ennui, j'affectai de lui parler d'un air guindé et respectueux. Mais elle, bravement se récriait.

- Non, pas ainsi… Appelle-moi Suzy, je t'en prie, je le veux.

Ma lâcheté, auprès de ce beau courage, me fit honte. À peine je l'avais eue et déjà je la reniais devant un domestique, dans un goût bas de correction bourgeoise.

- Ma petite Suzy ! lui dis-je très haut, en riant.

Je détachai la jument ; Suzy, sa cravache sous le bras, se gantait. Et puis je ployai le genou, j'avançai la main. D'une pesée légère, elle s'élança ; le cuir de la selle craqua ; et le jarret dans le fourchon, pesant sur l'étrier, elle s'enlevait à petites fois, affermissait ses aplombs.

Cette petite femme de tête me quitta aussi simplement qu'elle était venue. Elle m'avait apporté un extraordinaire bonheur et elle s'en allait comme si sa vie vierge n'avait pas saigné pour moi. Il n'y eut aucune sensiblerie dans nos adieux. Je l'accompagnai jusqu'au bas de la côte, marchant au pas de la bête, la main appuyée au satin moite du garrot. Je goûtais la sensation grisante de son jeune corps se balançant au-dessus de moi, frôlant mes épaules de la poussée chaude des genoux. Elle retint un instant la bride et, me chatouillant les joues de la mèche de sa cravache, elle me dit avec un beau sourire :

– Au revoir, mon cher amant. Je me lèverai demain en pensant à vous.

Il sembla entendu qu'elle viendrait chaque fois que sa volonté la pousserait librement vers moi, sans qu'il y eût là pour aucun de nous le soupçon seulement d'une chaîne. D'un claquement de langue, elle excita Beth, qui se mit au trot. Un peu de temps, planté en travers de la route, je continuai à la regarder, à petits bonds rythmés de ses hanches, se lever et retomber en selle, avec le gondolement de son amazone claire dans un léger nuage de poussière. Mon cœur battait fortement à l'idée que personne avant moi n'avait mis la main aux pointes de sa gorge. Je pensais : « Avec une telle femme, je ne risque pas de m'engager plus que je ne voudrais. »

La route décrivit une boucle ; elle tourna la tête par-dessus l'épaule et me salua avec sa cravache, comme moi aussi, en quittant Montaiglon, je l'avais saluée autrefois.

Ma vie, un peu de temps, resta troublée. Une joie d'intime solitude me faisait gagner les bois. Je prenais le lévrier avec moi, j'allais m'asseoir sous les arbres, le cœur gonflé. C'était un sentiment nouveau qui ne m'était venu encore avec aucune autre femme. J'aurais voulu me retrouver auprès d'elle, ses genoux dans mes mains. Je l'aurais aimée là d'un amour sauvage et délicat, près du cœur bondissant de la terre. Et puis le silence lourd des feuillages m'oppressait ; je gagnais le bel été de la campagne, les champs verts, la bleue chaleur du ciel. Je n'avais jamais autant aimé marcher devant moi, sans penser, avec le bourdonnement léger de mon sang à mes tempes.

Je rentrais, au soir, l'âme vide. Je m'enfermais dans ma chambre, dans la chambre où elle m'avait donné sa fleur de vie. Et alors l'odeur jeune de son corps me grisait comme un moût ardent. Suzy ! Ce fut ici sous les rideaux du lit ! Je baisais l'ancienne place sur l'oreiller, d'une passion ingénue. Je n'étais pas moins ridicule en contemplant longtemps la glace où s'étaient mirées ses fines épaules nues. Je me laissais aller franchement à mes impulsions comme un adolescent. Et, avec l'image fraîche de sa vie entre mes bras, il me restait le trouble d'avoir rêvé. Je n'avais pas d'ironie pour le vieux mari paternel.

Mais voilà, j'étais malgré tout un homme léger sur qui les impressions amoureuses glissaient. Je ne me sentais de constance véritable que pour la libre vie des champs. Le sens intime de ma destinée s'orientait vers la terre et les plaisirs rudes qu'elle procure, plutôt que vers les sensualités de la femme. Au bout d'une semaine, le souvenir de Suzy s'émoussa ; je recommençai à vagabonder le long de l'eau et dans les bois, comme avant qu'elle ne fût venue. Une lassitude virile, après les fatigues du jour, me couchait dans les draps, tout grisé de grand air, avec la sève verte des arbres dans mes membres.

Oui, c'était vraiment, cela, une vie d'homme. Je pensai tranquillement que dorénavant je pourrais m'abstenir de mes visites à la petite maison de la jolie fille au ruban rouge. Suzy de temps en temps arriverait passer quelques heures et puis librement s'en irait, m'ayant apporté de la joie. Elle ne semblait pas disposée à se montrer trop exigeante et de mon côté j'étais résolu à me contenter de ce qu'elle me donnerait. J'éprouvais une réelle satisfaction à me sentir si maître de moi-même. Maintenant je pouvais penser à l'amour comme au reste de la vie sans que ma poitrine bondît sous mes mains.

Un matin, j'étais au bord de la rivière, regardant sur l'autre rive se mouvoir les faneuses. Elles étaient dix, descendues des plateaux, filles d'un même village, et en chantant, une coiffe de paille au chignon, elles allaient à travers la vaste prairie, faisant voler avec le fourchet l'or léger des foins.

J'étais là couché sous l'ombre fraîche des trembles, retirant quelquefois ma pipe de mes dents pour humer d'une large aspiration l'arome vanillé de la fenaison. Il glissait en effluves subtils sur les houles égales du courant et profondément descendait dans le battement heureux de ma vie. Je m'étais levé ce matin-là comme un homme sûr de sa journée. Suzy était en dehors du cercle de ma pensée : il y avait plus de trois semaines qu'elle n'était venue. Et maintenant, avec cette odeur lascive de l'herbe sèche dans les narines, je regardais le rythme harmonieux et puissant de ces beaux corps de filles par-dessus l'aire blonde.

Dans le calme paysage, une voix soudaine m'appela par mon nom : la voix ensuite se rapprocha plus claire dans le chemin en lacets qui descendait à la rivière.

- Suzy ! criai-je.

Mon âme détachée, errante au fil de l'eau, éprouva soudain une grande joie. Je montai en courant le long de la roche : nos voix à tous deux se croisaient jeunes et joyeuses, à travers les feuilles. Elle m'apparut dans sa grâce vive, sautillant à petits coups de talons sur la pente.

- Suzy ! chère Suzy !

D'un bond elle se pendit ; je la serrai contre moi, dans une ardeur de désir.

- Oui, moi. Je ne pouvais plus attendre. J'ai voulu venir. Baise-moi dans le cou. Encore…

Ce fut comme après une longue absence ; ce fut comme si elle venait pour la première fois. Je portais sa vie moite dans ma poitrine. L'odeur phosphorée de ses aisselles se mêlait à l'évent chaud des foins, aux bromes vireux de la rivière. Et avec des cris de plaisir, je l'emportais devant moi, fendant les taillis. Elle, les yeux clos, doucement me disait :

- Étreins-moi plus fort. Fais-moi mal.

Je montai aux terrasses par les degrés boulants, heureux de ma force d'homme. Une tonnelle de clématites et de chèvrefeuilles dominait la vallée profonde. Sous l'amas des feuillages fleuris, un banc s'y incurvait, large comme un divan. Je l'assis dans cette ombre verte, à genoux près d'elle, et par jeu j'attirais les touffes de chèvrefeuilles et en secouais les parfums dans les boucles de sa chevelure. Nous étions vraiment là dans l'amour de la terre, avec ses duvets moussus pour lit et ses ondes grisantes d'odeurs pour encens, comme pendant une fête nuptiale. J'avais coulé un doigt sous sa manchette et caressais la soie chaude de son poignet.

- Suzy, lui dis-je, je n'ai pas cessé un instant de penser à vous.

En lui parlant ainsi, j'avais les yeux et la voix d'un homme véridique. J'éprouvais une joie rusée à lui mentir avec franchise.

- Oh ! moi, me répondit-elle loyalement, j'aurais été fort embarrassée de penser à vous constamment. J'ai dû m'occuper d'affaires. Il y a eu une grève à l'usine. Je n'étais pas sans inquiétude non plus pour Tite. Ses accès l'ont repris avec violence. Et vous savez, il ne veut que moi dans ces moments. Il a des regards d'enfant pour me supplier de demeurer auprès de lui.

Une passion attendrie lui monta aux yeux, et elle avait cessé de sourire. Croyant alors qu'il était convenable d'affecter un peu de jalousie, je lui dis :

- Je vous en prie, Suzy, je souffre bien assez...

Ma voix était ardente et basse ; je serrais avec force ses mains entre les miennes. Dans l'emballement de ma feinte, je me persuadai sincèrement que cet homme après tout avait des droits. Une petite flamme lui brûla la joue. Elle cacha sa tête dans mon épaule.

- T'est-il possible de douter encore ?

Ô certes ! elle était restée une petite femme-enfant, celle qui maintenant, avec une rougeur blessée, me faisait cet aveu. Elle eut la grâce timide d'une jeune fille dans le trouble de la minute où pour la première fois les sens s'éveillent à l'amour. Cependant c'était bien là cette fière et décidée Suzy qui était venue chez moi comme on va chez le médecin, avec un mal dont on veut être guéri. Je lui baisai longuement les mains, dans une joie très pure et humiliée. J'avais honte de mes sottes simulations. J'étais à présent un autre homme revenu à la vérité des intimes impulsions.

– Ô Suzy, pardonne-moi, lui disais-je. On ne peut croire à certains bonheurs. Je sens seulement que je vais te mériter.

Elle retira ses mains et les appuyant à mon front, elle tenait mon visage droit devant ses yeux. Elle dit en riant :

– J'avais décidé cela le jour où cette fille me regarda si étrangement à la ferme. Celle-là était sûre que vous étiez mon amant.

Excité par cette parole hardie, je l'attirai par les poignets et lui demandai si déjà vraiment elle m'aimait en ce temps. Aussitôt elle se raidit, parut se reprendre. Et elle me répondit froidement :

– J'ai vu ce jour-là pour la première fois que vous me désiriez et cependant vous ne m'aimiez pas. Pourquoi voulez-vous qu'une femme ne désire pas simplement aussi un homme ?

Un mouvement irréfléchi m'emporta, je m'écriai :

– Je vous ai désirée follement, Suzy, c'est vrai. Et voilà, à présent je vous aime.

Elle secoua ses boucles, les yeux ironiquement plissés, et à petites fois elle me fouettait d'une branche de chèvrefeuille.

– Qui vous obligeait à me dire cela ? Je ne vous demandais rien. Mais, mon cher, une femme demain viendrait avec vous vers ce banc, vous ne l'aimeriez pas autrement que moi.

La branche descendit en chatouilles dans mon cou et elle ne parlait plus, tout amusée par le glissement du rameau le long de ma peau. Mais oui, pensais-je, elle a raison. Le sentiment que j'ai pour elle se peut comparer au léger frisson que me cause le frôlement de cette tige. Le silence ne nous pesait pas. Un merle chantait dans la touffe ronde d'un abricotier. L'odeur des foins par bouffées chaudes montait vers nous. Longuement elle aspira, d'un battement des narines, la fleur safranée du chèvrefeuille.

– Mon Dieu ! fit-elle, je ne sais pas pourquoi on médirait du désir. Je casse une branche à cet arbre, j'en savoure le parfum et ensuite je jette la branche et je prends à l'arbre un autre rameau. L'arbre n'en meurt pas et à moi il me reste la joie exquise d'avoir, dans une sensation qui ne me laissera pas de regret, aspiré en une seconde toute sa vie profonde. N'est-ce pas là encore du bonheur ?

Elle exprima là finement une chose qui se rapportait à ma propre conception de l'amour. La petite branche du chèvrefeuille ainsi fut pour tous les deux le symbole du parfait détachement de nos âmes. Je retrouvai aussitôt mes aplombs, comme en selle, après un écart ombrageux d'Hercule. Et plaisamment, du ton léger d'un homme pour qui la vie du cœur se réduit à un aimable badinage :

– Vous ne pourriez, ma chère Suzy, me faire entendre plus poétiquement que je ne suis pour vous que le petit rameau cassé à l'arbre et qu'après celui-là il y en aura toujours bien assez d'autres qui vous procureront la petite sensation. Eh bien, soit ! Mais alors je ne serais pas fâché de savoir si c'est là tout l'amour pour vous.

Son sein leva. Elle regarda au loin. Avec d'autres yeux elle parut considérer un point de l'espace. Je ne voyais là pourtant que d'onduleuses cimes vertes et les replis moelleux de la vallée. Elle se tut un peu de temps et puis, avec des doigts cruels, elle froissait la tige aux fleurs pareilles à un vol de longs insectes roses.

– L'amour ! Ah ! tenez ! C'est si différent de tout le reste ! C'est par exemple de vivre à côté de quelqu'un qui souffre et qui a besoin de vous et qui vous prend les mains en vous regardant, comme Tite me regarde. Oui, quand Tite dans ses accès me tient la main dans les siennes, je vous jure que je sens en moi une chose, une chose qui est au delà de tout ce que je pourrais ressentir avec un autre homme.

Sa voix monta, s'exalta.

- On aime comme on prie Dieu, avec humilité, dans une abdication absolue de tout l'être. Il n'y a plus là rien qui tienne de la chair, du goût de la peau, de la joie de mettre sa bouche contre une autre. Et c'est si vrai cela, que la montée d'un désir chez l'un des deux serait un sacrilège comme de percer une hostie avec un couteau, et que je comprends très bien, moi, qu'après un tel attentat à un culte sacré, la femme tue l'homme de colère et de dégoût.

Ses mains dans l'ombre, fines et fuselées, frémirent.

- Oui, fit-elle, la voix tout à coup rauque, cette voix de passion et d'orage où sa vie grondait, oui, les petites mains que voilà frapperaient droit à la tempe.

Et maintenant, hors de l'ombre, toutes claires au soleil, elles faisaient le mouvement de la mort.

Quel saisissement pour moi ! La petite femme sensuelle qui m'était venue vierge avec sa folie, inopinément me révélait une autre chose vierge d'elle, farouche et bien plus belle ! Elle évoquait la sainteté d'un sacrement de l'amour, si pur que la mort seule en pouvait laver la beauté méprisée.

Jamais je ne l'avais trouvée plus désirable. Une ironie de péché et de profanation me fit avancer les mains, disant :

- Eh bien ! ne parlons plus de cela, je renonce à votre amour, Suzy, si vous me laissez le reste.

- Oh ! vous, fit-elle, c'est autre chose.

Elle me tendit ses lèvres et ajouta en riant :

- Mais oui, n'es-tu pas mon amant, toi ?

Tout d'une fois elle fut sur mes genoux, les bras noués à mon cou, comme une délicieuse créature lascive et animale. Les sèves brûlantes de l'été grondèrent ; je la sentis mollement palpiter à travers son gilet d'homme.

– Oh ! dit-elle, une idée à moi ! Je me suis mise cette fois tout à fait en garçon.

De sa robe de cheval, qu'elle faisait glisser tout à coup et qu'elle enjambait, sortit l'imprévu d'un travesti de joli adolescent en bragues demi-bouffantes, de la couleur réséda du gilet et de la veste. Les mains dans les poches, avec le rire gamin de sa petite tête bouclée hors du col droit, elle se mettait à tourner devant moi à la pointe de ses bottines de cuir havane, toute mince et sanglée dans la lanière qui lui ceinturait les hanches. Son charme capiteux d'androgyne, dans le matin fleuri de la tonnelle, avec le chant des faneuses qui nous arrivait du pré, me procura une sensation trouble, inéprouvée, comme le goût d'un fruit nouveau.

Elle s'était arrangée pour me rester jusqu'au coucher du soleil. À midi, nous rentrâmes déjeuner d'un plat de cèpes, d'une omelette au jambon et d'une cueillette de cerises.

Elle goûta joyeusement la rusticité du repas. Je vis qu'elle supportait avec gaieté la malveillance sournoise des regards de Martine, dépitée de n'avoir pas été avertie. Baptiste aussi quelquefois apparaissait sur le seuil, passait les plats et puis traînait un peu de temps derrière les portes. Visiblement la présence de cette dame en pantalon d'homme les déconcertait, dérangeait l'honnête symétrie de la maison. Avec d'infinies précautions, Martine évitait de l'appeler trop ouvertement « madame », laissant tomber la seconde syllabe dans un bredouillement confus.

Suzy, très à l'aise, avec cet esprit aventureux qui la mettait au-dessus de l'opinion du monde, feignait ne s'apercevoir de rien d'anormal. Comme beaucoup de femmes, elle avait le don de ne voir que ce qu'elle voulait voir. Elle se laissa aller franchement à la joie de jouer, avec un homme qui, l'autre soir encore, était seulement son ami, le rôle d'une maîtresse qui prendrait possession du logis de son amant. Elle loua complaisamment l'omelette, ce qui parut réconcilier la digne Martine.

Le couvert avait été dressé sous l'auvent vitré qui prolongeait la salle à manger du côté des jardins. Notre frugal déjeuner ainsi prit une intimité de dînette dans un clair paysage d'arbres et de massifs en fleurs. Les yeux à demi plissés, avec un reflet vert tremblotant au fond de ses prunelles, elle avait mis ses mains sur les miennes et me souriait pendant de longs silences charmés. Elle s'émerveilla de la sauvagerie de ma vie, me fit promettre de la mener pêcher avec moi. Elle eût voulu être un homme, elle qui ne se sentait qu'une fille manquée. Et constamment elle prenait à la boîte des cigarettes qu'elle fumait à grosses bouffées, se grisant de la petite ivresse du tabac.

Avec son rire clair, cent fois elle m'appela son cher amant. Ses cils battaient, un frisson lui courait à la peau.

- Vrai ! c'est bien moi qui suis ainsi près de vous, Philippe ! Moi, Suzy, j'ai à présent un amant !

Elle savourait le mot avec sensualité. Un amant ! Quelle folie ! Et par moments elle en demeurait presque grave, d'une fraîche joie sérieuse de nouvelle épouse. Elle me regardait si amoureusement à travers le fin plissement de ses yeux ! Elle avait le regard mouillé de la femme qui a connu le plaisir. Cependant elle m'avait dit : « Tu ne seras jamais pour moi que le rameau cueilli à l'arbre ! » Voilà ! oui, pensais-je, elle est venue te demander le secret de l'amour et elle ne t'aimera jamais. Elle n'attend de toi que la vibration du simple désir. Je n'en ressentais nul dépit d'amour-propre.

Il régna entre nous une entente tacite pour ne plus parler de l'amour : cette connivence fixa les limites d'une aimable et légère union qui ne se proposait que la joie et la vivacité des sensations.

Oh ! elle avait de si étranges idées ! Je ne sais plus à quel propos elle me dit qu'elle ne pouvait admettre le serment entre deux amants ; le désir suffisait à les lier aussi étroitement que tous les sacrements ; et leur fidélité mutuelle prenait sa beauté de demeurer libre et spontanée. Ils n'avaient que l'unique devoir de rompre sitôt qu'ils n'éprouvaient plus la joie sincère de se désirer.

Suzy encore une fois écouta ainsi ses voix personnelles. Mais moi qui restais soumis aux jugements du monde, j'espérai la mettre en contradiction avec elle-même en lui demandant si elle étendait cette théorie au mariage. Elle me déclara tranquillement que le mariage n'était pour elle qu'une convention sociale, un reste de l'antique esclavage au temps des tribus et des proies humaines. Elle mettait bien au-dessus la beauté des mains libres, sans le symbole barbare de l'anneau, le volontaire abandon d'un être à un autre être.

Le mariage, presque toujours, d'ailleurs, était l'erreur sexuelle de deux êtres qui obéissent à l'attrait de l'inconnu et qui cessent de s'appartenir dans leur vie profonde dès l'instant où ils ont fini de s'ignorer. Alors pourquoi s'engager par des liens que la plus élémentaire moralité obligera à dénouer sitôt qu'ils ne pourront plus être sincèrement consentis ? Et, revenant par un détour à son idée de l'amour, elle concluait à l'inviolabilité sacrée du mariage entre ceux-là seulement qui ont accepté de vivre en dehors du plaisir.

- Alors, Suzy, un état de célibat volontaire où les âmes seules sont religieusement mariées ?

- Oui.

Bon Dieu ! Ce qu'elle disait là était si nouveau pour moi que je la pris en pitié comme une cervelle un peu faible. J'oubliai sottement qu'elle n'eût pas été chez moi, me jetant ses lèvres rouges par-dessus la table, si sa volonté ne s'était trouvée d'accord avec sa conscience. Ce qu'elle était venue faire chez moi, elle l'avait fait librement, sans manquer à la loyauté de sa notion de l'amour. Cela, toutefois, je ne le compris que plus tard quand moi-même, à la longue, je me fus délivré de mon penchant à la conformité routinière. Oh ! alors, cette petite nature personnelle de Suzy, que j'étais trop tenté d'assimiler à mes hasardeuses liaisons d'autrefois, commença de m'apparaître avec son vrai relief original, dans une possession de soi qui dénonçait une bien autre honnêteté que la dépendance servile des âmes. Mais je n'étais encore qu'un « jeune homme distingué » qui ne se distinguait pas des communes façons de penser.

Je me récriai :

– Il faudrait donc, avec de telles distinctions, admettre qu'un homme et une femme vivant leur vie de passion en dehors du mariage, sont plus près de la vérité que deux époux qui, ayant cessé de se désirer, continuent à se résigner à la vie commune ?

– Je le crois, fit-elle, et je crois aussi qu'ils sont plus hauts dans l'ordre des créatures, s'ils comprennent que l'unique moralité est dans la sincérité.

Je haussai légèrement les épaules et lui dis :

– Suzy, nous irons à la rivière.

Nous descendîmes par les terrasses jusqu'au bord de l'eau. Les faneuses s'interrompirent de faire voler le foin à la pointe des fourches pour considérer de loin ce joli jeune homme hétéroclite.

En longeant la rive, nous gagnâmes une solitude plus sûre. Une petite silve sauvage avait poussé là au pied des roches, un emmêlement d'essences vives à grandes touffes débordant par-dessus le courant. L'eau, sous les arches vertes, s'ombrait de moires vermeilles si limpides qu'aux coulées du soleil filtrées d'entre les feuillages, on voyait frissonner sur les galets rouilleux du fond de claires mailles d'or.

Suzy, couchée près de moi, la tête dans les poings, ne me parlait plus, toute fraîche de paix et de silence dans cette vie de la rivière et des arbres. Mobile, cédant toujours aux rapides sensations de la nature, elle s'abandonnait au plaisir et puis se repliait en de longues pauses muettes comme si, dans ces moments, elle eût écouté battre profondément son cœur en elle. Il nous était arrivé souvent, au temps où nous n'étions encore que des amis, d'abattre ensemble, au galop de nos montures, des kilomètres de route sans échanger une parole ; et son silence ne me pesait pas, léger et confiant comme une sympathie plus intime.

Elle demeura donc là un assez long temps sans rien me dire, avec la palpitation de ses petits seins dans l'herbe, regardant se froisser contre les basses branches la nappe d'or et d'émeraudes. Et à la fin, se coulant jusqu'à moi, elle appuya sa poitrine chaude à mon épaule. Elle me dit gravement :

– Je suis heureuse.

Elle n'exprimait pas ainsi un sentiment d'amour, mais seulement sa force harmonieuse de vie, la plénitude tranquille de sa joie dans la grâce et la puissance du paysage. Son sang coulait d'un large flot comme la rivière ; elle avait aux narines le frisson du vent chargé de lascifs aromes ; son petit ventre battait contre le pouls ardent de la terre. Elle fut par là associée à la grande nature, à ses sèves bouillantes et actives, et elle-même, avec la faim et la soif de son désir, elle était à présent comme une petite chose de la nature, dans l'immense torrent de la vie. Moi soudain, ayant regardé au fond de ses yeux, je la pris entre mes bras et de nouveau je l'aimai sauvagement dans son plaisir.

Elle demeura jusqu'au soir. Nous rentrâmes et elle passa sa robe ; elle redevint la femme qu'elle était pour les autres et qui n'avait pas l'air de s'être mise en pantalon d'homme pour aller au bord de l'eau avec son amant. Je voulus faire seller Hercule pour l'accompagner un bout de chemin. Elle s'y refusa.

– Je ne vous ai pas demandé de venir au-devant de moi quand je suis arrivée. Je m'en vais librement comme je suis venue. Si vous voulez, il en sera toujours ainsi.

Et comme la première fois, étant allé avec elle jusqu'au bas de la côte, je lui adressai de loin un salut de la main.

Pendant près d'un mois, elle arriva chaque semaine. En s'en allant, elle n'exprimait aucune de ces exigences qui à la longue rendent haïssable l'amour des autres femmes. Elle m'apportait son jeune désir, et, après qu'elle était partie, j'étais le maître de penser à elle ou de l'oublier. Notre plaisir se rafraîchissait d'être entre nos mains la petite chose fragile qu'il dépendait de nous de briser. Peut-être ce fut la cause qu'elle ne cessa de nous combler joyeusement comme une fête que n'expiait pas le regret des lendemains. Je repartais pour le bois ou j'allais poser mes nasses. Je redevenais l'homme tranquille qui n'a de comptes à rendre à personne. Une petite odeur d'ambre et de cuir de Russie quelque temps traînait dans les chambres et puis se dissipait comme le frais frisson de chair qu'elle mettait dans ma vie.

Elle me parlait du vieux Tite avec une impudeur radieuse. C'était là, après tout, un sentiment si différent du nôtre ! Elle n'éprouvait pas le besoin de justifier la part quelquefois un peu large qu'elle lui faisait dans nos entretiens. L'année était mauvaise pour lui : ses accès de goutte s'espaçaient ; mais il s'inquiétait de perdre la mémoire, et un goût d'isolement morose le détachait de ses anciennes amitiés. Cependant, dans sa passion d'affection pour ce vieil enfant quinteux, Suzy ne cessait pas de vanter ses aimables qualités.

- Vous ne pouvez vous douter, me disait-elle, quelle intelligence, quelle sensibilité se cachent sous ses dehors un peu assoupis. Il parle de tout si raisonnablement ! Il voit autrement que nous les choses. Et si tendre, si reconnaissant des soins qu'on a pour lui ! Il y a des moments où je crois qu'il rajeunit, dans sa beauté d'homme mûr.

Un aveuglement sincère l'illusionnait sur son âge : elle le plaignait et l'admirait comme un héros frappé par un mal mystérieux. Mes mouvements s'égalisèrent ; je n'éprouvais plus d'ennuis pour le zèle d'attachement inquiet qui constamment le ramenait en tiers dans notre vie. Il me vint même pour ce pauvre Tite la sympathie un peu négligente, mais cordiale au fond, d'une équivoque parenté. Je crois que je n'aurais pas aimé autrement un vieil oncle duquel je n'aurais point dû hériter.

Le désintérêt graduel du comte pour ses biens obligeait maintenant Suzy à supporter presque seule les soins du domaine. Elle y montrait une sûreté, une décision d'esprit extraordinaires. Cette petite femme de vingt-six ans, si ardente aux affaires de l'amour et qui, dans la vie la plus occupée, trouvait le temps de m'apporter sa chair de plaisir, me révéla une de ces natures d'action qui, en passant du côté de la femme, semblent s'être trompées de sexe. L'usine, arrêtée par la persistance d'une grève, toute vide d'hommes et d'activité, comme un grand organisme mort, encore une fois était retombée aux pénibles suspens qui avaient abrégé les jours de Jacques Herbrand. Elle blâmait les administrateurs de n'avoir point consenti à une augmentation des salaires. Elle avait, à l'égard des rapports du capital et du travail, des idées aussi subversives que sur tout le reste des choses de la vie. N'allait-elle pas jusqu'à préconiser la participation du travailleur aux bénéfices de l'exploitation ?

Un après-midi, elle m'arriva toute frémissante. Elle me dit qu'elle s'était mise résolument du côté des ouvriers. Le matin même, elle avait fait venir le syndicat de la grève. Avec le consentement de Tite, elle lui avait passé la moitié de ses parts. Moyennant cette cession, les ouvriers entraient en maîtres dans le conseil.

– Il me semblait que l'âme de mon père était en moi, me dit-elle fièrement.

Je fus outré.

Bon Dieu ! que devenaient alors les droits supérieurs des patrons, les immémoriaux privilèges des hautes races ? Suzy haussait les épaules, et avec sa petite moue entêtée de dédain, me donnait des raisons. Elles n'étaient pas plus mauvaises que toutes celles par lesquelles j'aurais pu tenter de les combattre.

Ces problèmes d'économie sociale ne nous troublaient, d'ailleurs, que passagèrement : elle les résolvait avec l'indépendance et la spontanéité qu'elle apportait en toutes choses. C'était encore là de la beauté, si l'on admet que celle-ci n'exclut pas la passion de la volupté et du plaisir. Sa beauté était de demeurer personnelle jusque dans les questions qui n'intéressent pas l'amour. Elle ne possédait pas le sens de l'honnêteté courante et y substituait une conception de la vie volontaire et libre. La sienne se partageait entre les hautes soifs du sacrifice dans ce qu'elle appelait l'amour et la petite folie charnelle. En me donnant librement sa jeune vie sensuelle, elle parut n'avoir disposé que d'un bien sur lequel personne n'avait de droits. Elle n'eût cru manquer à son devoir vis-à-vis de son mari qu'en lui retirant ses puissances de charité et d'affection. Pourtant, moi qui l'avais tenue vierge dans ma poitrine, je ne voyais encore en elle qu'un petit être de nerfs et de joie dont l'âme m'était inconnue. Je n'agis pas autrement avec Suzy que n'auraient agi les gens de mon monde envers une maîtresse moins rare et précieuse. Mes sentiments étaient médiocres comme la vie que j'avais menée jusque-là. Je ne sus pas mériter l'orgueil d'avoir été choisi pour lui révéler le mystère charmant et trouble de la substance.

Voilà, oui, je m'égalai à la commune moyenne en ne m'élevant pas au sens de beauté qui peut se dégager des mutuelles effusions du désir librement consenti aussi bien que de l'autre amour. Les dilections de la chair pour la chair, la grâce divine des caresses entre deux amants résolus à ne s'offrir que de la volupté, ne cessent pas d'être l'échange délicieux de deux vies dans une aspiration à l'unité de tout l'être. J'avais plutôt pour cette Suzy qui avait écouté la nature, la nuance un peu dégoûtée de la plupart des hommes pour la femme qui s'est déconsidérée, comme ils disent, en s'abandonnant en dehors de l'union légitime. Le premier mâle vainqueur de la femelle humiliée, toujours recommence à travers les races, avec l'orgueil de la défaite infligée, avec le détachement farouche et cruel qui suit la possession ; et, à mon tour, j'étais cet homme dans sa survivance atavique. Je n'avais pas d'attendrissement devant la confiance et la bravoure de Suzy.

Je ne sais plus à quel propos je lui reprochai un jour le peu d'attention qu'elle prenait à sauvegarder les apparences. Personne, au château, n'ignorait la route que suivait sa jument les jours où elle venait à Fourqueroc. Elle haussa les épaules.

- Vous me préféreriez dissimulée, dit-elle, quand c'est si simple. de ne pas mentir !

Et puis, à quoi bon ? Est-ce qu'elle faisait le mal ? N'était-il pas naturel qu'une femme de son âge eût un amant ?

- N'ai-je pas voulu être ta maîtresse ?

Tite lui-même n'ignorait pas ses visites à Fourqueroc : il les mettait sur le compte d'une ancienne amitié et n'en prenait pas ombrage.

- Cependant, Suzy, s'il s'inquiétait un jour, si, dans un moment de défiance, il vous suppliait de ne plus venir ?

Elle était sur mes genoux. Elle me prit la tête dans les mains avec un beau regard souriant.

- Mais cela n'est pas possible, mon ami, fit-elle, vous ne connaissez pas le comte. Son amour est assez grand pour ne jamais me demander le sacrifice d'un plaisir. S'il pouvait se douter que vous êtes mon amant, il souffrirait en silence. Il sait bien que je ne suis pas de celles à qui l'on peut défendre quelque chose.

- D'ailleurs, reprit-elle, il y a si peu de différence entre les amis que nous étions et ceux que nous sommes devenus ! Mais oui, comprenez donc, l'amour seul pouvait être un changement. Vous étiez l'un des jeunes hommes vers qui me portait mon amitié la plus lointaine, et il n'est pas une jeune fille qui secrètement n'ait désiré, dans la part inconnue de son être, l'ami avec lequel elle a dansé, monté à cheval et joué au tennis. Je crois bien que je vous plaisais aussi. Cependant ni l'un ni l'autre ne nous aimions et ne nous aimerons jamais.

Elle me disait cela si franchement qu'il aurait mieux valu pour moi lui prendre les mains et les baiser gentiment, avec une petite passion d'amitié reconnaissante. Mais, dans un besoin imbécile d'épuiser la situation, je m'obstinai.

- Voyons, Suzy, si pourtant le comte vous priait de renoncer à une liaison qui serait devenue pour lui une cause de soupçon et de tourment ?

- Eh bien, me répondit-elle tranquillement, je lui avouerais tout et jamais vous ne me reverriez.

Je compris qu'encore une fois elle m'avait parlé avec sincérité et que ce qu'elle disait là, elle le ferait dans la plénitude de sa volonté. Je la priai de prévenir un tel dénouement en s'observant davantage. Pourquoi n'imaginerait-elle pas des visites à une amie ? Ce n'eût été qu'une feinte sans importance.

- Mais vous savez bien que je n'ai pas d'amie, me dit-elle froidement. J'exècre toutes les femmes. En eussé-je une d'ailleurs, je ne consentirai jamais à m'assurer à ce prix un bonheur même mille fois plus grand que celui que nous goûtons à nous voir, car alors j'aurais vraiment le sentiment de tromper un homme loyal et bon. Et de cela, ah ! par exemple, je suis incapable !

C'était là une de ces subtilités où j'avais peine à la suivre et qui ressemblait à la rouerie la plus raffinée. Ô Suzy ! déroutante et trop simple Suzy ! Je croyais te connaître, et chaque jour je te connaissais moins. Ta sincérité, pour un homme comme moi, apparaissait bien plus compliquée que les détours des créatures rusées. Je manquais de la simplicité qu'il m'eût fallu à moi-même pour comprendre la beauté nue de ta spontanéité.

Comment aurais-je pu ne pas me réjouir d'une si aimable et si facile relation ? Elle ne troublait en rien ma vie et elle répandait la pure grâce autour de moi. J'appréciai comme un encouragement l'air à la fois respectueux et cordial avec lequel Baptiste et Martine à présent me parlaient d'elle. Ce n'étaient plus comme au premier temps de discrètes allusions, les yeux bas et la voix traînante. Leur hypocrisie fut admirable : ils affectèrent de lui être attachés comme à moi-même. Martine surtout, cette fine mouche de paysanne, espéra acquérir de nouveaux droits à ma confiance en exagérant la complaisance. Elle imagina des plats délicats ; des fruits choisis nous rafraîchissaient ; la table, avec ses nappes à l'empois et ses claires argenteries, brillait, fleurie de bouquets odorants.

Maintenant, tous deux l'appelaient Madame Suzy, avec une nuance de domesticité empressée pour une maîtresse légitime. Leur jeu m'agréa, bien qu'il ne me fût pas possible de m'abuser sur sa signification.

Ce fut donc dans une claire tranquillité d'esprit que j'engrangeai mes récoltes et que je continuai à visiter mes verveux au matin. L'août tempéré maintenait mes esprits en joie et assouplissait mes membres. Quand, au lendemain de nos fêtes amoureuses, j'abattais d'un ferme jarret, sans lassitude, mes quinze ou vingt kilomètres de route, je goûtais plus précieusement le plaisir d'être rendu à ma solitude. La pipe aux dents, avec le battement égal de mes artères rythmant ma marche régulière et large, j'avais le sentiment délicieux de n'avoir rien perdu de mes forces ni rien abdiqué de ma libre vie. J'étais vraiment un homme heureux.

Elle s'intéressait aux bois et aux jardins. Elle estimait mes humbles travaux d'agronome. Elle n'ignorait ni les saisons, ni les cultures. Un goût vif pour la campagne était encore chez elle un des mouvements spontanés de sa nature. De la joie lui partait en cris devant la beauté d'un paysage. L'heure aimable la saturait d'intimes et fraîches voluptés. Les papilles de sa chair jouisseusement se gonflaient d'être couchée sous les feuillages et de caresser avec les mains l'ombre comme une soie. Une petite âme ivre courait en frissons à sa peau dans la lumière chaude, battait à sa narine dans la montée des efflux musqués de la terre. Elle avait la jeune et simple poésie des essences sauvages, nourries de grand air et de soleil.

Un jour elle vint avec moi dans la barque. J'enfonçai le ferret de toute sa longueur et, ayant touché trois ou quatre fois les pierres du fond, je laissai dériver du côté d'un îlot boisé qui divisait le courant.

L'endroit s'encaissait entre des roches abruptes où des chênes et des bouleaux avaient poussé, d'un jet volontaire. Aucun sentier ne sillonnant les pentes prochaines, nous fûmes là dans une solitude où les pas ni le regard ne pouvaient s'égarer. Une végétation sauvage et touffue recouvrait cet antique bloc roulé du versant et qui, accru d'éboulements successifs, petit à petit cimenté par des terres d'alluvion, au temps des orages et de la fonte des neiges, à la longue avait isolé la circonférence déchiquetée d'un vaste tertre.

Mon Dieu, Suzy ! quelle fraîcheur délicieuse nous enveloppa sitôt que nous eûmes abordé ! Le soleil flambait sur les hautes roches ; l'espace bouillait comme une étuve, et cependant, sous cet abri vert, avec le petit vent des feuilles à nos visages et à nos mains, couchés parmi les eupatoires, les iris et les spirées qui comblaient l'échancrure des anses, nous ne sentions plus que l'air humide monté de la rivière. Elle coulait d'un large flot miraillé, criblée de fourmillements lumineux où jouait la forme vive des tanches et des ablettes, par-dessus l'or rouilleux du lit à une assez grande profondeur. J'avais pêché là autrefois un brochet de trente livres ; le filet, sous le poids et les bonds de la bête, s'était rompu au moment où d'un grand coup de bras je le remontais. Il avait fallu lutter corps à corps avec le monstre pour le capturer définitivement. C'était un de mes bons souvenirs.

Suzy tout à coup me dit en riant :

- Va sous les arbres là-bas et ne te retourne que lorsque je t'aurai appelé.

Je ne savais pas ce qu'elle voulait dire ; mais comme elle me l'avait demandé, je marchai devant moi, me frayant un passage à travers l'emmêlement des branches. Et un peu de temps se passa, j'entendis un bruit d'eau, et puis elle m'appela par mon nom.

Étant revenu sur mes pas, je vis dans l'herbe son linge et ses vêtements. Et maintenant, avec le frisson clair de ses épaules dans le remous de l'eau, son rire tourné vers moi sous ses boucles noires, elle nageait à brassées rythmiques autour de l'île, comme une vraie fille des fleuves.

Aussitôt je me déchaussai et me mis nu ; et à mon tour je me laissai couler dans la plus grande profondeur, là ou j'avais pêché le brochet. Nous éprouvâmes alors une joie encore inconnue à tirer notre coupe l'un près de l'autre, dans la tiédeur fluide de la rivière. Elle était blonde et verte selon l'ombre et le soleil, avec de larges moires huileuses près des rives et des écaillures scintillantes dans le milieu du courant, si limpide que j'apercevais le flexible déroulement de la nage onduler sous nous comme une vermeille et vive liane.

Une sensualité intime, une volupté de nature nous fit à demi fermer les yeux, enveloppés par le glissement soyeux des eaux. Et à présent ni elle ni moi ne nous parlions plus, dans une sensation heureuse de vivre une vie légère où à peine nous pensions encore, où les retours d'un même mouvement continu et harmonieux naissaient inconsciemment de la détente régulière de nos énergies physiques.

Nous regagnâmes enfin la rive ; j'abordai le premier et la tirant par les poignets, je la vis émerger du courant. Ses petits seins furent deux fleurs roses au-dessus de la coulée verte ; de claires fontaines ruisselèrent de ses hanches. Et nous étions nus l'un devant l'autre, dans notre belle vie fraîche, comme le premier homme et la première femme dans le jardin d'Éden. Mais, tandis que moi je cherchais l'ombre des feuillages, elle sans honte, avec sa gorge aiguë dans les mains, s'offrait hardie et chaste dans le tressaillement heureux de sa chair.

Il me sembla que je ne connaissais pas encore le charme divin de son corps. Il avait, dans ses petites proportions, la beauté d'une fille ciselure d'or et d'ivoire, des grâces minces et fuselées, les fines et pleines souplesses d'un joli animal fait pour le jeu et l'amour. Avec sa chaude et riche sève, avec ses matités dorées d'épiderme, il baignait dans les ondes de la vie, dans l'air des faunes et des flores, comme une claire fleur animale. Des émois d'ombre et de lumière jouaient aux duvets, faisaient courir de légers remous à l'épine, des épaules aux hanches. L'aisselle aux soies ardentes avait trois plis comme les pétales d'une corolle. Quand un souffle de vent un peu plus fort secouait les arbres, des reflets verts frissonnaient aux bouts de sa gorge. Dans le paysage farouche et doux, entre la rivière et les ramures lourdes, elle apparut une allégorie de la vie primitive, mêlée aux forces splendides. Elle fut pour moi, avec la vapeur chaude du matin autour de sa ceinture, comme une petite nymphe sortie des limons, comme une petite amazone au bain après les travaux guerriers. Ainsi étendue dans les floraisons pourpres et lactées, cette délicieuse Suzy se séchait sur la rive, ignorant la pudeur.

L'îlot solitaire nous devint une chère habitude. Je poussais la barque avec le ferret et puis nous abordions. Nos vêtements tombaient, elle était nue dans les iris, toute grisée d'air et de soleil, avec son rire de petite bête heureuse.

- Je m'aime, me disait-elle.

Elle avait toujours été amoureuse de sa peau. Le matin, après le tub, elle jouissait de demeurer un peu de temps dans les chambres, sans désir d'elle-même, pour le seul plaisir de la fraîcheur et de la beauté de sa nudité. Elle aurait compris la vie au bord des fleuves ou de la mer, dans un état sauvage d'humanité. Suzy me parlait de cela naturellement, comme une femme qui s'est libérée de l'ancienne honte de la chair.

Quelquefois une alerte me relançait, l'inquiétude d'un bruit dans les feuilles. Aussitôt je me rejetais vers l'ombre. Une intolérable rougeur me fût restée si des yeux humains nous avaient aperçus. Mais elle ne bougeait pas, toute calme dans la grande lumière de l'été.

- Eh bien, quoi, disait-elle, ne suis-je pas belle ?

Elle ne cessait pas d'être la petite femme qui un jour avait résolu d'écouter la nature.

Son impudeur était originelle avec innocence, comme les statues, comme le sexe des femelles. Elle ne comprenait pas qu'il y eût du mal à se montrer dans sa beauté nue. Le corps pour elle avait une vie extérieure de nerfs et de muscles, distincte de la vie intime et solitaire de l'âme. Avec ses fibres longues et ramifiées, il était fait pour boire l'air et la caresse, pour s'exalter dans le plaisir comme dans l'expansion naturelle de ses énergies. La même loi ne les ordonnait pas, ni les mêmes décences. L'âme, surprise dans un de ses mouvements divins, reste blessée profondément, mais la honte du corps ne provient que du sentiment qu'il n'est pas libre.

Des pudeurs d'enfance, les vieilles défenses de l'Église se levaient de moi, protestaient contre ce sensualisme païen. Cette petite faunesse ivre de Suzy effarouchait mes intimes bienséances comme une image des tentations réprouvées. Et pourtant j'étais, moi, à côté d'elle qui m'était venue vierge, un libertin avéré, un homme qui une fois avait abusé d'une très jeune fille et qui avait fréquenté aux mauvais lieux. Cet homme-là estimait que la moralité consiste à pécher dans le mystère, avec le mépris et la honte de la chair. Si, avec un plus libre esprit, il avait pu regarder profondément dans les yeux sincères de celle qui ignorait le péché, il aurait été touché de la beauté personnelle, de la force glorieuse de vie qui mettaient au-dessus des autres cette âme téméraire et candide.

Or voilà, cette même Suzy qui si impudiquement parlait de la vie de son corps, me dit un jour singulièrement, étant couchée près de moi dans l'île :

– Je n'aurais éprouvé la honte d'être nue que devant un seul homme.

Ses vêtements avaient roulé sur la rive. Elle était étendue dans la clarté blonde de sa chair. À peine elle eut dit, le sang monta à sa peau d'ambre, elle fut en un instant toute rose. Je compris qu'elle avait pensé au vieux Tite, dans la blessure soudaine de son pur et immatériel amour. Elle n'avait pas rougi la première fois que je la déshabillai, et maintenant tout son corps chastement s'empourprait à la simple idée qu'elle eût pu être surprise par des yeux qui n'avaient connu jusqu'alors que la forme exquise de son âme. Me parlant ainsi elle était là parmi les herbes, dans sa nudité et elle n'en éprouvait nulle gêne devant moi. Une fois de plus elle me témoigna ainsi que j'étais seulement l'homme qu'elle avait aimé pour le plaisir.

Avec les jours nous nous lassâmes de nager autour de l'îlot. Nous allions maintenant devant nous comme à la découverte de pays toujours plus loin.

Par moments la roche surplombait, chevelue d'essences vertes, avec des retraits d'ombre sous lesquels la rivière coulait froide et profonde, comme aux premiers âges de la terre. Rien n'avait altéré la vie vierge de ces restes de l'antique aspect du monde. Peut-être comme nous, dans les temps, des corps nus et rudes s'étaient baignés au flot d'éternité qui roulait là sur des fonds d'éboulis. Les énormes blocs érugineux ensuite avaient vu ces lointains humains regagner l'abri souterrain des cavernes. Et à notre tour, nous allâmes sous la roche avec nos membres nus, frémissants de soleil et de vent, comme ce couple primitif.

J'étais venu là seul autrefois avec la barque sans connaître d'autre sensation qu'une grande paix presque effrayante. Un vertige m'aurait fait chavirer par-dessus le bord que jamais personne n'aurait eu la pensée de me chercher au fond du gouffre. Dans notre confiance de sûrs nageurs, nous nous laissions dériver, étendus sur le dos, ou nous plongions, goûtant le vertige doux de couler dans la profondeur. Nous repartions ensuite, nous nagions jusqu'aux dernières roches, longeant les rugueux contreforts, fendant à larges brassées heureuses le reflet des verdures et du ciel par-dessus les assises puissantes qui s'accrochaient au lit de la rivière.

Suzy avait la passion des exercices physiques. Son corps nerveux et souple, aux détentes d'acier, eût été celui d'une gymnaste dans le tintamarre et l'héroïsme des cirques. Elle avait fait autrefois des armes ; elle aimait la chasse et le canot ; elle était aussi déterminée en selle que dans son poney-chaise, menant sa double paire de cobs avec des guides blanches dans sa petite main d'enfant. Mon endurance à la nage n'atteignait pas à la sienne : elle gardait bien plus longtemps que moi l'égalité du souffle et du rythme. Vraiment, oui, la bravoure de son corps équivalait à la hardiesse de son esprit. Si une autre âme m'avait été départie, peut-être je lui aurais persuadé de me suivre dans des voyages d'explorations, chez les Pieds-Noirs d'un coin ignoré du globe. Cependant, c'était bien cet homme routinier et léger, d'une âme indubitablement moyenne, qu'elle avait choisi. J'en demeurais par moments confondu.

Nos heures s'écoulaient dans une ivresse de nature. L'après-midi s'achevait sans qu'il nous vînt à la pensée qu'une autre vie nous réclamait. Nous n'étions avertis que par le déclin de la lumière, l'ombre plus large des roches sur la coulée verte et le cri rauque des corneilles tournoyant autour des hautes fissures. Il nous fallait alors regagner à brassées rapides l'îlot où étaient nos vêtements. Elle ne pouvait se résigner à se rhabiller tout de suite, s'attardait dans les dernières chaleurs, laissant paresseusement s'égoutter l'eau qui avait lavé à sa peau les morsures du jour, toute droite dans sa claire nudité au bord de la rivière comme la petite femme antique qu'elle m'évoquait.

Enfin, j'enfonçais le ferret, la barque volait, rasait la rivière d'où commençait à monter la fraîcheur moite du soir. Dégrisée comme après une folie, avec l'odeur encore de cette vie de nature dans les cheveux, maintenant elle s'impatientait de la lenteur du retour, reprise à la pensée de son étrange amour pour son vieux mari. Nos adieux s'écourtaient tandis qu'elle se lançait sur les pédales : depuis un peu de temps elle délaissait sa jument et m'arrivait à bicyclette. Bientôt sa petite silhouette décroissait aux lacets de la route.

Elle me parlait toujours de Tite avec la même admiration charmée. Il avait recommencé ses promenades dans le parc, appuyé à son bras. Ensemble ils avaient visité les fermes du domaine. Elle ne cessait pas de vanter ses mots, sa lucidité d'esprit, son grand appétit qui le tenait à table pendant des heures. Déjà, autrefois, j'avais remarqué cette gloutonnerie infatigable : elle m'avait paru signaler le graduel empiétement de la matière chez un homme petit à petit ramené à l'instinct animal et qui avait été l'un des beaux cavaliers de son temps. Des siestes pesantes ensuite l'engourdissaient dans une torpeur de grand ruminant placide. Mais Suzy ne s'apercevait de rien. Dans une illusion d'amour docilement aveugle, elle ne voyait en lui ou ne voulait voir qu'un vieil enfant malade qu'elle s'efforçait de rendre heureux.

Elle continuait ainsi à me demeurer secrète dans le mystère de sa vie, partagée entre l'ardeur sensuelle et ce grave et soucieux attachement. Elle n'a pour moi que l'entraînement et la reconnaissance du plaisir, me certifiais-je. Moi-même je ne croyais pas éprouver d'autre sentiment pour elle. Cependant, il nous arrivait maintenant d'être l'un devant l'autre comme deux amants qu'aux sources intimes unit un impérieux et véritable amour. La volupté parfois l'exaltait jusqu'à la plus vive sensibilité. Elle m'appelait de noms d'adoration ; nous avions d'étroits et brûlants embrassements ; je la sentais se donner d'une absolue dépossession d'elle-même.

Un jour l'orage nous surprit dans l'île. Les airs par-dessus le roc et l'eau pantelaient enflammés. L'ozone crépitait en décharges constantes. De sourds et longs tonnerres rabotaient les nuées basses. Elle vibra contre moi, électrique, les nerfs pincés, frémissant aux lourds silences, aux fracas qui suivaient. Sa gorge palpitait, malade, éperdue sous la mort planante. Elle fut femme délicieusement, dans sa fièvre et son angoisse. Elle me dit d'un léger délire :

- Que le coup, s'il doit tomber, nous frappe tous les deux à la fois !

Alors, elle voulut être aimée dans l'horreur livide de l'éclair. La ténèbre fut déchirée par ses cris. Elle se tordit dans une agonie de volupté. Et encore une fois, dans l'heure inouïe, mon cœur m'échappa. J'eus l'ardente et sombre plainte du désir solitaire.

- Suzy ! est-ce enfin l'amour ?

Ses yeux s'évanouirent. Elle me répondit :

- Ne m'interroge pas. Ne me demande plus cela, jamais, jamais. Ne t'ai-je pas donné tout ce que j'avais à moi ? Et que veux-tu de plus encore ?

Ses froides et pâles lèvres me mangeaient le souffle, sa poitrine ondulait mourante. Toute l'île tremblait dans un fracas de cataclysme.

Ce jour-là, je crus comprendre que le corps aussi, au secret profond des fibres, avait son amour et que cet amour-là, avec ses troubles et orageux vertiges, avec la secousse pâmée de ses spasmes où se fond l'entière substance, elle me l'avait donné.

Oui, ma chère Suzy, je ne doute plus à présent que, de tes raides papilles, du gonflement de ta sève aux pointes de ta gorge, de la vie soulevée de ton flanc, de l'enragement de tes nerfs tordus comme des branches d'arbre dans un incendie, tu n'aies eu réellement pour moi mieux que la petite sensation mousseuse du simple plaisir. Pourtant, ni cette fois ni aucune autre, tu ne me dis le mot sacré d'amour, car cela, tu ne pouvais pas le dire. Les frémissants duvets de ton corps le savaient pour toi et tes lèvres restaient muettes dans la joie de te mentir à toi-même. Tu aurais paru cesser de t'appartenir ; tu n'aurais plus été la femme qui orgueilleusement prétendait régir les mouvements de sa vie ; et il y avait aussi cet autre grand amour dont tu parlais toujours.

Notre volupté connut d'ardentes intimités. Suzy se donnait si spontanément, si joyeusement, de toute la passion nouvelle de son petit corps, comme une enfant ! Il semblait que le plaisir lui fût, dans chaque baiser, une chose encore inconnue. Elle ne discontinuait pas d'être la vierge qui était venue vers moi un jour avec la fleur de son désir. Elle m'apportait chaque fois la neuve et fraîche impudeur de sa nudité comme des prémices, comme une fête de dédicaces.

Elle allait avec moi sous les arbres et laissait tomber ses vêtements, lascive, toute chaude d'un désir novice, comme si avant ce moment elle ne fût point venue. La verte et fraîche solitude l'enveloppait : elle était nue, son ventre reflété aux eaux fluides. Elle aimait sentir mes yeux et le vent passer en frissons à sa chair. Une folie ainsi pendant des heures l'attardait ; dans un abandon de vie charmée, elle ne voyait pas venir le soir. C'était moi qui lui rappelais l'heure.

- Non, non, disait-elle. Attendons encore un peu. Jamais plus nous ne goûterons un tel délice.

Elle aspirait le vent, les bromes, l'haleine musquée des eaux. Ses narines alors battaient comme dans le plaisir ; les muscles de son cou se gonflaient sous la force de la sensation. Les sèves, les grands courants du monde, étaient encore pour elle un enveloppement du mâle. Son magnétisme profondément vibrait, s'accordait aux vibrations de l'être ambiant. Sous l'influx nerveux, elle palpitait, fiévreuse, brûlante, ses mains tordues au-dessus de sa tête. D'un mal de petite bête, elle se roulait aux herbes, poussant des cris voluptueux et souffrants, frissonnante du frôlement d'une feuille ou d'un souffle du vent à sa chair. Elle tombait là comme un fruit blessé, ses soyeuses paupières refermées, me disant à travers ses dents serrées :

– Je suis grise, je suis grise !

Elle aimait nager d'une main, élevant de l'autre une cigarette qu'elle fumait à petits coups. Devant elle, sur la nappe lisse, un nuage floconnait en bleues spirales. Et puis, remontée à la rive, elle prenait ses pieds dans ses mains dans une attitude de petite femme jaune des îles. Elle demeurait ainsi un long temps détendue, heureuse, doucement animale, sans parler. C'était vraiment une vie sauvage que nous menions dans l'îlot.

Avec nos peaux safran cuites au soleil, nous étions comme deux êtres retournés aux âges de la terre. Moi, la regardant, je pensais : Se peut-il que ce soit vraiment là cette méprisante Suzy qui fut autrefois mon amie ? Voilà, oui, qui m'aurait dit qu'un jour elle aurait fait tomber sa robe sous les arbres, nue comme une petite panisque antique ? J'étais un homme comblé ; elle me donnait inépuisablement le faste nuptial de sa jeune beauté. Elle ne cessait pas d'être une enfant, toute petite à côté de moi, grand et velu ; elle était une enfant par la taille et par l'innocence de sa nudité. Il semblait qu'elle eût vécu ainsi, avec sa chair claire au soleil, dans un temps antérieur de la planète. Comment expliquer autrement cette passion de vie libre comme si elle fût revenue seulement à présent au sens vrai de sa destinée ? Toi, Suzy, la dame de Montaiglon, tu demeurais plus nue devant moi que ne le fut jamais devant la source la plus humble vachère, la pastoure la plus dénuée de linge de tout ton domaine !

Mon vieux libertinage s'exaltait à ces jeux de pensées. J'étais le chasseur un peu blasé qui avait saccagé les territoires giboyeux et qui voyait s'ouvrir les barrières d'un parc gardé, aux vierges joies de carnage. J'étais ce débauché qui pour une poignée d'or avait fait tomber la tunique des filles folles. Et maintenant, avec un tremblement dans les mains, j'étais devant Suzy venue librement à moi, comme quelqu'un qui vit en songe.

Je m'apparaissais une âme nouvelle et émerveillée, dans un verger délicieux où mûrissait une savoureuse chair de pêche à laquelle aucune bouche d'homme avant moi n'avait mordu. Je portais Suzy dans mes bras à travers l'îlot, j'allais ainsi avec sa substance chaude contre ma poitrine vers un plus profond silence d'ombre. Et elle mettait ses mains à mon cou comme elle l'avait fait autrefois. Nous nous aimions là comme les premiers hommes.

Des vents se déchaînèrent ; le bois s'empourpra ; il y eut des semaines de pluie et nous n'allions plus dans l'île.

Maintenant elle arrivait en blouse de chasse, chaussée de bottes fortes. Je prenais deux carabines aux ramures du cerf dans le hall et nous partions avec les chiens. Nous revenions toujours le carnier garni ; elle tirait avec sûreté : je lui laissais abattre les plus belles pièces. Dans la chambre tiédie d'un feu de saison, elle redevenait ensuite la petite femme amoureuse du bord de l'eau.

Ce fut vers ce temps qu'elle commença à me parler autrement du vieux Tite. Elle me parut mal dissimuler une peine sourde ; et à la fois elle se défendait de moi, se gardait prudente dans les réticences de son abandon. Manifestement il y eut entre nous une chose qu'elle ne voulait pas dire. Voilà, pensais-je : ou bien cet homme a pris défiance et elle me revient contre son gré, ou bien Suzy elle-même, avec son air inquiet et assombri, cherche un prétexte pour rompre une liaison devenue périlleuse pour elle. Un dénouement me parut proche ; il fut bien plus extraordinaire que tous ceux que j'aurais pu prévoir. J'étais d'ailleurs sans tristesse. J'avais reçu diverses invitations pour des parties de chasse. Je n'aurais pas été fâché, au moins pour un peu de temps, de reprendre ma vie ancienne.

Suzy, en retour de sa chaude passion sensuelle, n'exigeait rien et elle en était bien plus terrible. Je ne pouvais lui refuser tout ce qu'elle ne me demandait pas. Des jours entiers je la guettais, rôdant du bois à la route, grimpant à la crête des rochers, l'espérant dans le nuage que l'averse abaissait sur le chemin ; et elle venait le lendemain, quand je ne l'attendais plus. Mes heures mesquinement s'émiettaient d'espoir, d'ennui. Personne n'était plus libre que moi, et ma vie déjà ne m'appartenait plus. Tout de suite la petite odeur d'ambre et de cuir de Russie s'effaçait des chambres, mais elle ne s'en allait pas de moi. Elle couvrait l'arome de l'Obourg grillant dans ma pipe, les bromes musqués de l'eau sous le vent d'ouest, le large courant d'odeurs qui montait des fonds humides vers mes fenêtres. Suzy se montrait toujours contente de tout ; mais moi, d'instinct, je faisais le sacrifice de mes goûts à ses préférences. Des abdications s'ensuivirent. Des parts de moi restèrent aliénées. Mille liens subtils m'enchaînèrent.

Suzy, d'ailleurs, avec art variait mes plaisirs. Elle-même infiniment se variait, d'un bouquet capiteux et mobile, d'une pétulance de vie qui me causait un perpétuel étonnement. Les jours de gros temps, elle voulut vivre auprès de moi, de la vie de la maison ; elle eut des grâces familières et tendres de ménagère, s'intéressant à l'ordre intérieur, à la cuisine, au meuble. Elle se révéla ainsi encore une fois une Suzy que je ne connaissais pas. Elle montait à l'échelle, cueillait à l'espalier les derniers fruits de la saison ; nous visitions ensemble l'étable, le cellier et le potager. Je n'éprouve pas de honte à confesser qu'elle m'entretint tout un temps de pâtés exquis qu'elle faisait préparer au château par son chef de cuisine.

Les ciels abaissés, nués d'ardoises, bruinèrent en pâles lumières dans les chambres. À travers les vitres, la rivière apparut étamée de matités sourdes. Dans la profondeur grise se déployait l'automne fané de la prairie. Les feuillages lentement commençaient à pleuvoir aux pelouses du jardin. Et à présent d'autres chants d'oiseaux dolents, comme d'aigres airs de flûte étaient venus. Une douceur de mélancolie, après les rires de l'été, parfois nous était un charme nouveau comme une part de nous affinée et devenue plus sensible. Nous allions aussi relever les lacets dans la tenderie aux grives.

Je pensais que bientôt, dans les marais de la contrée basse, passeraient la bécassine et la sarcelle. Si seulement elle pouvait se décider à demeurer quelque temps éloignée, je serais parti là-bas avec mon fusil.

Le vœu se réalisa ; la maison fut vide, l'escalier profond ne battit plus de ses coups de talons.

Deux semaines se passèrent ; elle n'était plus revenue ; et maintenant c'était le rude octobre. Je m'en allais tous les matins en chasse ; j'écoutais de loin si la cloche ne me rappelait pas. Je ne croyais pas que j'aurais ressenti si cruellement son absence ; j'aurais pu partir et je ne partais pas. Ma chair esclave tressaillait de désir et de regret. Eh bien, réjouis-toi, pensais-je, tu as ce que tu souhaitais : te voilà rendu à cette liberté précieuse dont la perte te comblait d'amertume ! Jamais je ne l'avais tant désirée. Un moût furieux me travailla ; j'éprouvais en même temps une grande colère d'amour-propre ; il me semblait plus convenable que je l'eusse quittée le premier.

Un dimanche, Martine, après avoir selon sa coutume entendu la messe au plus prochain village, me servit le déjeuner. Elle tournait autour de moi avec le léger reniflement qui la prenait dans les grandes circonstances de la vie. Et moi, la voyant agitée, les mains un peu tremblantes, je lui demandai en riant :

- N'aurais-tu pas quelque histoire à me conter ?

La moue à la fois cauteleuse et contristée, elle frappa ses cuisses du plat de la main.

- Oh ! fit-elle, c'est qu'il est toujours temps pour annoncer les mauvaises nouvelles !

Je pensai aussitôt qu'il était survenu quelque chose à Suzy. Il me fallut un effort pour me maîtriser et dire froidement à cette mercenaire :

– Ah çà ! parleras-tu ?

– Eh bien ! voilà, monsieur, s'écria-t-elle avec autant d'empressement qu'elle avait mis de lenteur à préparer son discours. M. le comte est mort. On l'a enterré il y a huit jours !

Jamais il n'avait été question du vieux Tite entre nous ; elle affecta toujours d'ignorer qui était Suzy ; et à présent elle était là, hochant la tête et me regardant avec des yeux larmoyants et sournois.

– Le comte est mort ! m'écriai-je à mon tour dans un tumulte inexprimable de sensations.

J'avais jeté ma serviette sur la table et à grands pas je me promenais dans la chambre, répétant :

– Le comte est mort ! Le comte est mort !

Il sembla que moi-même j'avais perdu un vieil ami. Je fis seller Hercule ; je partis devant moi ; j'abattis d'une traite la distance qui me séparait de Montaiglon. Et puis, au pied de la haute butte, je commençai seulement à penser à ce que j'allais dire à Suzy. Mais la secousse était passée : j'étais sans chaleur et sans élan.

Ce mort après tout me restait étranger : nos vies s'étaient côtoyées et ne s'étaient pas mêlées. Aujourd'hui qu'il n'était plus là, je sentais au peu de vide qu'il faisait dans ma vie la place minime qu'il y avait occupée. Son grand profil entre les cierges cessa de me hanter. Toute ma pensée se reporta sur Suzy. J'étais à ses pieds ; je lui disais d'ardentes paroles ; elle pleurait dans mon épaule. Sous l'obsession des images, mes nerfs se tendirent, mon sang courut. Je fus soudain envahi d'un violent trouble charnel. Si elle était venue, je l'aurais haussée par les poignets jusqu'à ma selle, je l'aurais baisée furieusement aux lèvres. Oui, avec ses vêtements de deuil, avec sa chair attendrie de larmes, sa délicieuse chair de petite veuve, je l'aurais prise. Quelle abomination ! Les entrailles bouillantes, ayant au frémissement de mes narines son odeur d'amour, je souffris là une grande honte et ne pouvais chasser cet égarement.

Je gravis lentement les rampes ; les rideaux étaient refermés sur les fenêtres ; le château semblait sans vie. Un domestique m'apprit que la comtesse était partie depuis deux jours. Alors il me vint un allégement ; je tirai une de mes cartes, mais presque aussitôt, je la remis dans mon portefeuille. Ce serait stupide, pensais-je, il vaut mieux lui écrire.

Il me resta une peine de rancune, de vague pitié. Je la plaignis ; sans chaleur je plaignis sa vieille passion martyre. Je me la figurais vaincue, accablée dans sa peine, avec autour d'elle ce vide immense des chambres où toujours l'appelait le cri blessé, la voix grelottante du mari pris par ses accès de goutte. Mais surtout je lui en voulais de ne pas m'avoir averti. Huit jours ! Et pas un mot, pas même le part banal que toute la contrée avait dû recevoir. Il sembla que moi aussi, j'eusse sombré sous les pelletées de terre qui avaient comblé le seuil du funèbre mausolée. Je voulus écrire. J'essayai plusieurs brouillons. Les mots ne venaient pas, mes condoléances étaient indifférentes et froides. Je me résignai à garder vis-à-vis d'elle le même silence qu'elle avait gardé pour moi. Je sentais que je n'avais plus rien à lui dire. La mort, en se mettant entre nous, sembla nous avoir étrangés l'un de l'autre. Nos âmes furent déportées vers les pâles régions, elles qui ensemble avaient ri et chanté dans le jeune été. Et maintenant, sur les marges de l'exil, elles ne se reconnaissaient plus.

Dans mon désarroi, je songeai sérieusement à avancer mon départ pour la ville : je ne rentrais habituellement que vers la fin de décembre. Je me pressai de terminer mes marchés. Je donnai mes instructions pour les travaux du potager ; les meubles du salon et de la salle à manger furent rhabillés de housses. Ces soins accomplis, je me trouvai dans la disposition d'esprit d'un homme qui renonce à la vie sauvage et consent à faire figure parmi les civilisés. Plus rien, du reste, ne me retenait cette année à Fourqueroc : le marchand de bois, dès l'octobre, avait amené une équipe de bûcherons. Ensemble nous avions délimité la coupe ; les coups puissants de la cognée sans relâche retentissaient dans les airs sourds.

Cette fois, c'est bien fini, me dis-je, je ne la reverrai plus. Mais n'est-il pas plaisant qu'elle cesse de m'appartenir dans le moment même où elle est rendue à la liberté ? À moins que justement ce ne soit l'absence de tout danger qui, pour un esprit aussi aventureux, ne rende à présent notre liaison sans saveur ? J'épuisai les raisonnements sans parvenir à découvrir la cause de l'inexplicable refroidissement de Suzy à mon égard. Naturellement, j'allai aux raisons les plus compliquées, j'imaginai des cas de conscience subtils, méconnaissant ainsi la simplicité qu'elle apportait en toute chose. Bah ! conclus-je, le mieux est de n'y plus penser puisqu'elle-même m'en donne l'exemple. Avec son merveilleux pouvoir de volonté, elle a probablement fini de penser à moi.

La voluptueuse image toutefois ne s'en alla pas ; perdu dans mes roches avec mon âme d'automne, j'étais devenu un homme presque sentimental. Oui, voilà, j'avais perdu mes aplombs, les fameux aplombs desquels j'étais si fier.

Mes malles étaient presque faites quand un matin le courrier m'apporta une ligne d'elle : « Mon cher Philippe, je suis à Valcombe. Venez m'y rejoindre. » Valcombe était un pavillon de chasse qu'elle tenait de son père. Nous y étions allés autrefois en bande chasser le sanglier et le renard. Mon cœur sauvagement bondit. Je n'irai pas, pensai-je ensuite. Mais déjà, au fond de moi, l'être subreptice, dissimulé derrière cette feinte d'indépendance, cauteleusement huilait l'ancienne lâcheté docile de la chair. Après le long silence qui te fit méconnaître les plus élémentaires convenances, c'est pour toi un devoir. Une visite à Valcombe seule peut réparer tes torts envers elle.

Je partis le lendemain au petit matin. Hercule, qui depuis un peu de temps ne quittait plus l'écurie, était bien en forme, le souffle profond, le jarret nerveux et ardent. Un brouillard froid, laiteux, trempait la campagne nue, embuait la rouillure déchiquetée des feuillages. Mais des lumières glissèrent ; un fluide paysage se leva, rose et vermeil, du matin nébuleux. Des efflux chauffés de soleil montaient des bois au moment où je m'engageai dans l'une des avenues qui menaient au pavillon. J'avais sifflé et chanté pendant une partie de la route.

- Suzy !

Je m'étais attendu à la trouver dans sa robe de veuve ; j'avais laborieusement préparé des paroles, une voix d'émotion, de longues et instantes pressions de mains. Et elle était là devant moi en culotte d'homme, les mains dans les poches, comme elle était venue les premières fois à Fourqueroc.

Dans mon saisissement, j'oubliai mes compliments de doléances ; je ne pouvais que répéter son nom d'une voix basse, arrêté sur le seuil de la grande pièce, devant les panoplies et les trophées de chasse accrochés aux murs.

Elle me regardait franchement, les yeux droits, un peu durs, et elle n'était pas triste, dans sa belle force de vie au repos. Elle ressemblait à une femme qui attend son amant et ne laisse aucune douleur derrière elle. Mais moi qui avais disposé différemment la scène, un petit drame intime de sanglots, d'attitudes brisées, de lentes paroles chuchotées, (oh ! comme je la connaissais peu, cette Suzy !) je n'osais approcher, pris d'une gêne respectueuse devant elle qui, avec ses mains de passion et de charité, avait touché aux plis d'un suaire. Et tout d'un coup elle fit un pas vers moi ; elle retira ses mains du fond de ses bragues, les appuya à mes épaules.

- Pourquoi ne m'embrassez-vous pas ?

J'aurais préféré qu'elle me montrât un des fauteuils avec le geste que j'avais prévu. Ensuite elle se serait assise près de moi en pleurant : je l'aurais tendrement consolée. La situation n'eût manqué ni de correction ni de piquant. Je la pris dans mes bras, je lui dis assez froidement :

- Mon Dieu ! Suzy ! qu'avez-vous dû penser de moi ?

Elle comprit que je faisais allusion à mes semaines de silence.

- Mais non, mieux valait cela. Tout le reste eût été ridicule.

Elle me parlait tranquillement en souriant. Elle s'était serrée contre ma poitrine, avec ce frisson de petite chatte voluptueuse qui lui sillait l'échine quand je la prenais là-bas, dans sa vie nue. Et elle était de nouveau devenue désirable.

- Voilà, c'est une affaire finie, fit-elle. Je n'ai pas voulu vous écrire pour ne pas trop vous surprendre. J'ai préféré vous dire cela en causant.

Ah ! pensais-je, le pauvre Tite ! À peine on l'a descendu en terre et déjà l'herbe a poussé sur lui. Plus rien n'est resté de la grande passion d'amour dont elle le comblait ! Cette Suzy est vraiment un petit monstre très intéressant. Maintenant, avec une chaleur de sang au cœur, j'aspirais l'odeur de ses cheveux étrangement comme si, dans cette toison bouclée sentant l'eau ambrée, un peu de la fumée des cires chaudes et de l'encens eût persisté.

- My dear, me dit-elle, portez-moi là dans ce fauteuil, et puis mettez-vous à mes genoux comme vous le faisiez chez vous. J'ai besoin de voir la couleur de vos yeux près des miens pendant que je vous dirai cette chose.

Mes mains se nouèrent à sa taille ; j'étais entre ses genoux docilement comme elle me l'avait demandé. Son visage encore une fois avait changé ; elle regardait devant elle, la barre de ses sourcils tendue.

- Je vais vous dire une chose singulière, mon ami. Ensuite vous penserez de moi ce que vous voudrez. Mais cela, il faut que vous le sachiez. Oui, il faut que vous sachiez quelle femme est votre petite Suzy. Depuis un peu de temps, un goût de vieillard lui était venu. Il voulait toujours me prendre. Il entra l'autre jour dans mon cabinet de toilette. Je sortais de mon tub, j'étais nue, et il était là devant moi, avec un horrible rire, les mains tremblantes... Il y eut une lutte... une lutte...

Elle me caressa le visage, s'arrêta un instant de parler. Et puis, d'une voix un peu traînante et lointaine, de la voix dont on parle au passé, elle reprit :

- Vous rappelez-vous ce que je vous disais là-bas un jour, Philippe ? C'était mon âme même que je vous livrais. Si entre un homme et une femme qu'unit l'amour, il se pouvait qu'un des deux fût pris du désir charnel, il vaudrait mieux que l'autre le tuât. Eh bien, ce que j'ai dit alors, je l'ai fait. J'ai pris sur la table ma petite main d'ivoire, vous savez, cette main à se gratter le dos. Et je lui en ai donné droit dans la tempe un coup, rien qu'un coup, Philippe. Il est tombé. Il était mort.

Elle me disait cela simplement, tranquillement, les yeux appuyés aux miens sous ses paupières hautes. La poitrine était calme, le souffle doux, régulier, dans la beauté unie de sa vie. Et elle n'avait fait qu'un geste vers le sol, un geste négligent qui me montra quelqu'un roulant à terre, sous nous. Et moi, suivant l'indication de sa main, j'avais cru voir réellement tomber là une haute taille d'homme. La sensation fut brusque, terrible. Cette petite main allongée vers le tapis ou l'autre qui doucement lissait mes cheveux, peut-être avait eu du sang à ses ongles.

- Vous dites, avec une petite chose à se gratter le dos, Suzy ?

- Oui, longue comme ça... Et un coup, un petit coup à la tempe.

- Oh ! m'écriai-je en me dressant, c'est effrayant que vous, Suzy, vous ayez fait une telle chose ! Et dites, dites, pas de... (ma langue battait contre mes dents, je voulais dire « remords », mais la chose me parut un peu forte pour une jeune femme si tranquille,) -... de regrets après que là, à terre...

À son tour, elle fut droite tout à coup. Un sable noir, des remous d'orage lui brouillèrent les yeux. Elle était très pâle, frémissante et d'une voix hachée, criait :

- Que cela soit arrivé, ce n'est rien, mais cet horrible vieillard a tué l'amour en moi. Je ne l'avais pas vu vieillir, je le voyais toujours jeune et beau. Avant lui, je n'avais aimé que mon père. Je l'aimais d'un amour si au-dessus de la vie, d'un amour comme une religion. Et maintenant l'amour est mort. Je n'ai plus que du mépris, de la haine.

Une crise de sanglots la secoua des pieds à la tête. Ses cheveux dans ses poings, couchée de son long sur la table, elle cognait le bois sonore avec son front. Elle n'avait pas de larmes. C'était une douleur sèche, furieuse, aux cris comme des abois.

- Oh ! c'est la première fois. Je n'avais pas encore crié. Il est mort et je n'ai pas crié. Et maintenant je voudrais crier des jours et des nuits.

Dans mon trouble, mon horreur, une idée prit dessin. Je la sentis victime d'une triste confusion de l'amour. Elle avait épousé le comte, l'avait chéri d'un ardent culte filial où elle retrouvait encore son père. Entre les deux vieillards, entre ces deux tyrannies affectueuses qui avaient fini par se fondre, elle avait été heureuse, s'ignorant, ignorant la crise nuptiale. Ses sens vierges avaient pu me demander la volupté sans qu'elle se sentît troublée dans son tranquille mensonge loyal d'amour. Elle-même enfin, dans un cri de souffrance et de colère, venait de me révéler son étrange et pieuse duperie. Le mystère de sa vie, qui était resté obscur pour elle, s'éclaircit ainsi pour moi. En frappant elle ne s'était pas aperçue qu'elle châtiait l'outrage infligé à sa vieille foi filiale. La mort de Tite expia la folie sénile qui avait paru s'être oubliée jusqu'à l'inceste. Après tout, pensais-je, si elle a fait cela, croyant faire une chose juste selon sa conscience, pourquoi m'en montrerais-je plus ému qu'elle ? Cette pensée se noua à l'autre et m'allégea.

Cependant il y avait toujours cet homme étendu à terre entre nous. Je regardai longtemps ses petites mains enfoncées dans ses cheveux. Mon Dieu ! elles s'étaient posées si gentiment au creux de ma poitrine ! Elles avaient d'une grâce si enjouée fait tomber ses vêtements au bord de l'eau ! C'étaient presque alors encore d'amoureuses petites mains de vierge. Et à présent elles avaient sur elles le poids lourd de cette mort. Je me rappelai la tonnelle, leur frémissement dans l'ombre, le coup qu'elles avaient frappé dans le vide, furieuses, meurtrières : c'étaient déjà le geste qu'elles apprenaient.

Brusquement, elle s'arracha de la table. Elle fut debout, frappant du pied, rejetant ses boucles d'un front résolu.

– Oh ! je suis lâche ! En voilà assez !

Et puis elle vint à moi avec le battement de son sein orageux.

– Voilà, fit-elle, maintenant je ne suis plus qu'une fille comme toutes celles que tu as connues. Prends-moi.

Je ne croyais pas qu'elle m'aurait dit cette parole si vite. Elle me demanda de la prendre comme elle eût jeté un ordre, comme elle se fût donnée au premier venu. Et moi, avec la sensation froide du cadavre entre nous, je lui dis d'abord :

– Voyons, Suzy, vous n'y pensez pas.

Alors elle me noua ses bras au cou, appuyant les bouts raides de sa gorge à ma poitrine. Dans la chaleur de son désir, elle était redevenue la petite liane souple qui dans l'îlot s'enlaçait à mes membres. Son rire écarlate sonnait à ses dents. De toute sa chair elle eut un cri.

– Mais prends-moi donc.

Elle me l'avait dit ainsi la première fois.

Personne ne sembla mort autour de nous : le vieux Tite était toujours dans la maison, poussant ses faibles lamentations d'enfant, ou bien peut-être il était parti en voyage, très loin. Cela ne se fût pas passé autrement. Les lourds rideaux ouverts laissaient entrer l'or léger de cette après-midi de la fin de l'automne. Un grand silence planait sur les bois. Les chambres aussi, dans ce pavillon isolé, étaient silencieuses comme si jamais une clameur d'agonie n'avait été portée jusque-là à travers l'espace. Qui aurait pu affirmer que ce vieil homme était tombé à terre, frappé à la tempe d'un coup léger de la petite main d'ivoire ?

Elle n'avait amené avec elle que le cocher et la femme de chambre. Il n'y avait à l'écurie que la jument et deux chevaux pour la voiture. Elle me dit :

- J'ai fait préparer ta chambre.

Pendant trois jours, nous vécûmes ensemble dans cette maison d'ombre et d'oubli. Il fut un temps où j'arrivais ainsi à Montaiglon : j'étais alors l'hôte du comte, tout près du cœur de sa confiance, et Suzy n'était point encore venue avec la fleur malade de son désir ; la petite main d'ivoire n'avait pas fait encore cette chose horrible. Je dormais à présent des nuits inquiètes et insomnieuses, près de la chambre où tranquillement elle reposait. Je n'entrais jamais dans cette chambre. Le matin elle descendait me rejoindre dans la haute salle du rez-de-chaussée, près de la table où fumait le thé du déjeuner. Elle avait le visage frais et reposé d'une jeune femme après un sommeil heureux.

Nous prenions ensuite des fusils, nous allions chasser dans le bois. L'après-midi Suzy faisait seller les chevaux. Elle me dit qu'elle était venue au pavillon pour penser à sa vie nouvelle. Elle avait décidé de quitter Montaiglon et de renoncer à la fortune du comte. Ce fut la dernière fois qu'il fut question de Tite entre nous.

L'ancienne idée revint, s'implanta. Tranquillement je pensais à présent : Puisqu'elle a agi dans la plénitude de sa conscience et de sa volonté, je n'ai pas à la juger. Son extraordinaire énergie me donnait à moi aussi de la décision. Cependant quelque chose était survenu qui ne s'en allait pas d'entre nous. Quand je la quittai, il me resta la sensation d'une délivrance. Nous n'avions pas échangé de promesse. Il demeura tacitement entendu encore une fois qu'elle viendrait comme elle était toujours venue, librement, dans le volontaire et jeune désir de sa chair.

Je rentrai passer quelques jours à Fourqueroc et puis je partis pour la ville. Ma vie pendant des mois, avec une symétrie correcte, exactement se conforma à ce qu'elle avait été les autres hivers, dîners au club, soirées au cirque, invitations dans le monde. On voulut bien reconnaître que le « jeune homme distingué » n'avait pas trop perdu de ses cheveux dans les loisirs occupés de la campagne. Quand je me regardais passer dans les glaces, souriant avec mes dents blanches et le monocle enchâssé dans le sourcil, j'avais la sensation heureuse de me reconnaître toujours en forme.

Quelquefois l'un ou l'autre parlait devant moi de cette étrange et si rapide mort du comte. Généralement on plaignait le prématuré veuvage de Suzy. Écoutant ces propos, dans les commencements, j'avais serré fortement avec ma main le secret dans ma poitrine. Ce secret vivait dans ma vie profonde comme quelqu'un entré clandestinement dans la maison et qui n'en veut plus sortir. Il dormait plutôt dans ma vie et ne me tourmentait pas. Quand tout à coup il était question du vieux Tite, quelque chose vaguement sous la palpitation des lumières, devant le frémissement léger des gorges et des épaules, s'agitait en moi comme le vent remue les herbes d'une tombe. J'avais à peu près cette idée : tout fuirait épouvanté, comme les ombres de la nuit devant le jour, si seulement j'ouvrais les lèvres. Et je me taisais, écoutant cette petite main d'ivoire frapper son léger coup sec contre une tempe.

Je serais demeuré sans nouvelles de Suzy si un ami ne m'avait appris qu'il l'avait rencontrée à Florence. Elle resta morte pour moi tout ce temps de l'hiver et je n'en éprouvais ni ennui ni regrets. Mes jours s'écoulaient dans une disposition d'esprit vide et légère. Je ne songeais plus à me demander si je l'avais aimée. C'était un autre sentiment que j'éprouvais pour elle, et il n'avait pas sa source dans l'amour.

À force de me heurter à des apparences d'êtres vivants, dénués de personnalité et subissant passivement le choc des événements, il m'était venu une sincère admiration pour cette petite femme qui avait une taille d'enfant et qui dominait la destinée. Celle-là, sortie victorieuse des ondes léthargiques de la mort, m'apparaissait une jeune héroïne parmi des trophées sanglants. Elle n'avait eu qu'à lever la main et un homme était tombé avec le geste dont il avait voulu s'emparer de sa vie libre. Il avait à jamais fermé les yeux sur le mystère dérobé de sa nudité.

Ce cœur viril pourtant, dans l'heure sexuelle, joyeusement s'était donné à moi, un homme insignifiant et mou, qui n'avais de courage qu'à la chasse, devant les bêtes inoffensives du bois. Sa haute vie supérieure d'essence personnelle autrefois m'avait pesé et à présent j'en subissais, sans m'en douter, la domination silencieuse. Je ne nouai aucune relation nouvelle. Je n'aurais pu dire la cause pour laquelle ma vie fut un désert nu où ne fleurit plus la fleur rouge du désir. Elle avait comprimé sous ses poings ma volonté, elle y avait mis les gonds de ses petites mains violentes.

Quand la nature excédée se rebellait, je faisais un signe au groom, après le dîner au cercle. Le jeune coquin savait qu'il pouvait compter sur un large salaire. Nous étions ainsi un grand nombre de gens honorables qui, par lassitude, recourions à ses offices. Et puis les lacets des corsets sifflaient ; une pauvre chose de vie s'abandonnait sans joie ; et moi, en détournant ma bouche, je fermais les yeux. Je voyais sous la nuit de mes paupières la petite chair vierge qui était allée avec moi vers la rivière. Je pensais : Maintenant qu'il y a entre elle et moi ce secret, elle ne pourra faire autrement que de me revenir. Je raisonnais là avec le faible esprit d'un homme qui ne peut se hausser jusqu'aux merveilleuses puissances de certaines âmes indomptables.

Un clair matin de printemps, la cloche, par-dessus le bois, tinta. Ma vie sous moi courut. Mon cœur sentit sa présence et hennit. Suzy ! criai-je. Sa voix vint par le chemin et me répondit. Comme au premier jour, elle était devant moi, me souriant, m'offrant l'amour dans ses yeux.

- Vois, dit-elle, je t'ai désiré.

Nos chairs se reconnurent. Il sembla qu'elle était venue la veille. J'aurais pu lui demander, comme autrefois, si le vieux Tite avait toujours ses accès de goutte.

Un homme qui connaît le plaisir ne s'aveugle pas sur une femme qui lui revient après une absence. Il reconnaît à des nuances le passage d'un autre amant dans la vie qui, un peu de temps, cessa d'être près de la sienne. Le vent ne casse pas également les branches et le pêcheur, en relevant au matin ses nasses, sait bien si une autre main y a touché pendant la nuit. C'était le matin, et moi je poussais ma barque à travers l'eau. J'allai là où j'avais mis mes nasses ; aucun voleur n'était venu. Suzy était toujours la petite Ève folle qui me demanda de lui révéler le secret de l'ardente vie physique.

Quand, au soir, elle s'en alla, elle me dit simplement :

– Ne m'attends jamais et moi, je viendrai toujours librement, comme par le passé.

Elle m'avait dit cela aussi le premier jour : seulement il y avait maintenant entre nous cet homme dans un profond cimetière. La sensation fut brusque, persista quelque temps. Mais, mon Dieu, il nous avait gênés si peu, vivant ! Il ne sembla pas décidé à faire plus de bruit sous la pierre scellée. Je crois bien que moi seul pensais encore quelquefois à lui. À présent, d'ailleurs, je n'avais plus aucun tort à me reprocher vis-à-vis de ce pauvre Tite. Je pensais philosophiquement que cela serait arrivé aussi bien avec un autre que moi.

Le bel été recommença ; la rivière fut tiède et vermeille, dans l'efflux vanillé du pré fauché ; et une petite forme nue était couchée dans les hautes spirées du bord de l'eau. Qu'aurait-il pu m'arriver de plus heureux que cette vie aimable avec une maîtresse qui, chaque fois qu'elle arrivait, était pour moi une nouvelle femme inconnue ? Elle venait avec son jeune désir ; une senteur d'ambre et de phosphore sortait de ses robes, et puis elle partait : l'odeur légèrement palpitait un peu d'instants à mes mains. Sa passion sauvage de liberté avait encore grandi. Je ne l'interrogeais pas sur sa vie loin de moi. Je savais seulement qu'elle s'en retournait à son pavillon du bois. Je ne savais pas autre chose.

Son goût pour moi dura ainsi jusqu'à l'automne. Je n'avais jamais autant aimé les arbres, les hautes roches veloutées d'or, le vent doux des silencieuses campagnes. La voix puissante des solitudes me grisait si profondément à travers son sensuel amour qui prolongeait la nature ! Ses yeux étaient le vert miroir où se mirait le monde. Avec ses cheveux bouclés dans mes mains comme des feuillages, avec sa vie fluide près de moi comme l'eau de la rivière, j'étais le jeune époux de la terre. Un sens subtil délia mes lourdeurs originelles. Son souffle de vie fit le miracle de me vivifier moi-même. Je perçus des rapports entre le monde et la créature. De fraîches et soudaines sensations me visitaient.

Un jour, elle me dit :

– Je suis venue vers toi de mon propre mouvement, et tu ne m'as demandé ni quand je partirais ni quand je reviendrais. Une femme comme moi ne serait plus revenue si tu t'étais cru des droits sur ma volonté. C'était alors une grande joie pour moi, car j'agissais librement, selon ma nature, et ce que je pouvais te donner, je te l'ai donné avec passion. Maintenant écoute, je voudrais connaître une autre vie. Je n'aurais plus le même plaisir à venir ici. Cela, je te le dis franchement. J'ai horreur du monde. J'ai le dégoût de moi-même et de mes jours inutiles. Je suis riche, et l'argent entre mes mains ne sert à rien. Il me semble qu'il y a ailleurs quelque chose à faire pour une femme qui a de la volonté et du courage. Ne sois pas étonné si, un jour, tu apprends que je suis allée là-bas, dans une île, soigner les lépreux. Oui, je crois, faire une chose grande, se dévouer à une œuvre utile et généreuse, c'est encore la seule chose possible, et c'est aussi le seul durable amour. Toi, tu as éveillé le plaisir qui dormait en moi ; tu m'as appris la volupté. Nous avons été des êtres de joie. Ensemble, nous avons exploré la sensation jusqu'aux confins de l'amour. Et ensuite, il faut toucher avec des mains tendres à des plaies, à la souffrance de l'humanité misérable. Je m'en irai donc librement aujourd'hui, comme je suis venue la première fois et toutes les fois.

Mon Dieu ! moi qui avais sottement espéré que le plaisir suffirait à nous lier pour la vie ! À présent, elle me parlait d'un amour infini comme la douleur, un amour dont je n'aurais pu concevoir la pensée avant ce moment. Ô Suzy ! ces petites mains s'étaient appuyées au creux de ma poitrine, elles avaient frappé avec l'ivoire sur la mince cloison de la tempe, et voilà, maintenant elles allaient devenir les mains miséricordieuses qui rafraîchissent les ulcères et lavent les sanies. Je compris que tu le ferais comme tu le disais, toi, toute petite avec ton âme plus grande que ton corps et si gonflée de passion, toi qui aurais été une reine parmi les plus parfaites courtisanes et qui, sans doute, à cette heure, es devenue une sœur de charité.

Et ce jour-là fut le dernier. Son odeur d'ambre, sa senteur d'essence volontaire demeura un peu de temps dans la maison et puis se volatilisa. Des années se sont passées et je ne l'ai plus revue. Le silence s'est fait sur sa disparition comme les rides s'égalisent par-dessus l'eau où l'on a jeté une pierre. Quelquefois je pousse la barque vers l'îlot. Une ombre légère se lève des arbres et me regarde avec de beaux yeux de désir et de vie. Elle me fait un signe que je ne veux pas comprendre. La jolie fille au ruban rouge, elle aussi, était partie un jour. Personne ne sut où elle était allée. Mais, dans un autre hameau, une aimable enfant blonde à son tour met un ruban rouge dans ses cheveux quand j'arrive la voir.

FIN